SURVIVAL WEDDING
2

OHASHI KOSUKE

サバイバル・ウェディング２

Survival Wedding 2

OHASHI KOSUKE

大橋弘祐

Book Design　藤崎キョーコ

「航平ー、マイちゃんが帰ってきましたよぉ」

広瀬麻衣子は酔うとつい甘えたくなる。今日も仕事の打ち上げで飲みすぎた。どうやってマンションに帰ってきたかは覚えていない。玄関のドアを開けたのと同時に、同棲している航平へ倒れるように抱きついた。

「飲みすぎだよ、麻衣子。飲んで帰ってくるときは連絡しろって言っただろ……」

「ねぇ、航平はマイちゃんのこと好き?」麻衣子はあきれる航平の両腕を掴み、体を揺らした。

「ああ、好きだよ」航平はしゃがみながら言って、ブーツのジッパーを下げてくれた。最近買ったジミーチュウの新作だ。

「どのくらい好き?」

「地球よりも宇宙よりも好きだよ。……そんなこと言ってないで、早く風呂入って寝ろよ。ほら、歩けるだろ」航平が腕をひく。

「だっこして」

「あのなあ……」

「マイちゃんは毎日遅くまで働いてがんばっておるのだよ」

麻衣子は大手のネット企業に勤めていて、アパレルのショッピングサイトを担当している。昨日はSNSと連動させる新機能のリリースがあり、この三日間は寝ずに働いた。それに、航平とは同棲生活が長いから、こうして酒の力でも使わないと甘えられない。

航平は何も言わずにため息をつき、麻衣子を膝の裏から抱えあげ、寝室に向かう。

「爪がささって痛いって」

いやがる航平にかまわず、麻衣子は首にしがみついた。

「今日、麻衣子のお母さんから電話がかかってきたぞ。うちの娘はちゃんとやってますか。体は壊してないですかって心配してたぞ」

航平の言葉には聞こえないふりをした。母と話すと、いつも結婚の話になり喧嘩になるからだ。そのせいで最近は電話に出ないようになってしまった。

コートの上から航平の体温が伝わってくる。きっと今日のことは明日になったら覚えてないんだろうな。薄れていく意識の片隅で思う。

ダブルのベッドにおろされ、体がシーツに深く沈む。コートは着たままだし、メイクも落としてない。でも、もう無理だ。寝てしまおう。

「ここに水置いておくからな。ほら、コート脱いで」

サイドテーブルにペットボトルの水を置いた航平は、コートを脱がせようとする。目の前に航平の顔が来た。

「ん」麻衣子は唇を尖らせ、顔を振り、脚をばたつかせてキスをせがんだ。

「酒臭いよ。麻衣子……」

最後の力を振り絞って、あからさまにいやがる航平の顔を掴み、唇を押し当てた。充実感が満ちて、眠りに落ちていく。布団をかけてくれる航平の姿が瞼に残った。

「あのさ、麻衣子……。仕事が大変なのもわかるけど、いつも俺が寝てから帰ってくるし、たまに話したと思ったらこれじゃ、なんのために一緒に住んでるかわからないだろ。どうせ今日のことも覚えてないと思うけど、もう少し俺のことも考えてくれよ」

暗闇の中で航平が何か言っている。でももう意識が消えようとしている。

「なあ麻衣子…、頼むよ。俺たちもう三十五なんだからさ……」

01

朝、目が覚めると同時に、膝に痛みが走った。きっと酔って転んだんだ。打ち上げのあと、同僚とタクシーに乗ったところまでしか記憶がない。

隣に航平の姿はなかった。コピー機のメーカーで働く航平は麻衣子より早く出社して早く帰ってくる。生活のリズムが違うので、お互いを起こさないように寝室を別にしていた。

麻衣子は布団の中をのぞく。

「やっちまった……」

お気に入りのスカートがめくれ上がってしわだらけだし、ストッキングは引き裂かれたように伝線して、そこから青くなった痣《あざ》が顔を出している。三十過ぎて傷の治りが悪くなった。二ヶ月前にできた反対の足の痣もまだ治っていない。

時計を見ると、起きる時間まで五分あった。二度寝したくなったが、大切なことを思い出して、咄嗟に体を起こした。

今日は幹部が顔合わせをする会議がある。麻衣子のチームは設営の当番だった。

去年、麻衣子の勤める会社は海外の企業に買収された。「ｖｏｙａｇｅ《ヴォヤージュ》」という世界的な雑誌を手掛けている出版社で、本格的に日本に進出する足がかりにするのが狙いらしい。

人事の子に聞いた情報だと、社内のルールが大きく変わり、麻衣子のチームには女性誌の編集長が就くことになる。もともとｖｏｙａｇｅの編集者として下積みをした人で、ファッションにも経営にも強い人ということでその人が引き抜かれた。

麻衣子は新しい部長に期待していた。というのも、ニューヨークへの海外転勤を希望したが、管理職を三年経験するのが会社の規則だと断られたからだ。

「マネージャー」という肩書きが付き、管理職に昇進したのはつい最近だ。あと三年も待ったら三十八になる。想像すらしたくない。

だから、早く転勤させてもらえるよう、その部長に直訴しようと決めていた。十三年間もまじめに働いてきたのだ。それくらいのわがまま聞いてくれたっていい。

もしかしたら転勤が決まるかもしれないと思うと、つい「ニューヨーーーク」と昔流行ったＲ＆Ｂを口ずさんでしまう。

いやいや。歌っている場合じゃない。麻衣子は化粧を落としてないことを思い出し、あわてて洗面台に向かう。

よかったぁ。鏡の前で麻衣子は口にした。ほうれい線は出てない。本気で胸を撫でおろした。もう化粧を落とさないで寝るのはやめよう。

でも、クレンジングでメイクを落とすと肌がパリパリだった。韓国旅行で安く買ってきた美容液を大量投入し、特に目のまわりとほうれい線には念入りに塗った。日焼け止めが入ったBBクリームはSPF40。世の中で一番恐ろしいのは紫外線だ。時間がなくなってきたのでリキッドのファンデーションとチークをあわてて重ねた。

キッチンでバナナとセロリとモロヘイヤと黒酢をミキサーにかけ、恐ろしいほどまずい茶色い液体を飲み、美容とダイエットのためにやっている毎日の修行をこなしたあと、麻衣子はジャケットに付いたタグを切るため、航平の寝室からはさみを借りようとした。

航平はスターウォーズやアメコミが好きで、寝室にはそのおもちゃが増えてきた。麻衣子にとってはガラクタでしかないが、この前、その下に隠れていた指輪のケースを見てしまった。

もう同棲をはじめて四年目だ。きっと結婚を考えているのだろう。でも、それを見つけたとき麻衣子は複雑な気持ちになった。もちろん結婚はしたいけど、もし転勤が決まったらどうするんだ。今の同棲生活と何か変わるのか。そう考えだすと思考が止まってしまう。

そのときケータイが震えた。会社からのメールで現実に戻る。

靴がぎっしり詰まった下駄箱から、買ったばかりの十二センチのハイヒールを取り出した。元敏腕編集長の新しい部長はセンスを認めてくれるだろうか。そんなことを考えながら、部屋を出た。

エレベーターを降りながら、スマホで昨日リリースした新機能のユーザー評価を見た。ポジティブなコメントが多い。サイトの訪問者数も購入率も悪くなく、いまのところ返品も少ない。

画面をスケジュールに切り替えた。取締役の会議のあと、同期とビストロへランチに行って、午後はクライアントと大切な商談に行く。明日は埼玉の倉庫へ行って配送フローの打ち合わせだ。週末は美容院とネイルサロンと脱毛にいかなければ行けない。

ヘッドホンから英会話の教材を流し、駅に向かう。階段を上っていると発車のベルが鳴った。条件反射でつい駆け上がってしまう。

＊

「あんた、昨日はちゃんと帰れたの？」

会社に着くと、隣の席の加奈が話しかけてきた。五年も一緒に働く同い年の腐れ縁だ。ただ、加奈はハワイで式を挙げたばかりで、もうすぐ披露宴を控えた既婚者だ。

「当たり前じゃない。ちゃんと帰って寝ました」

「あのねぇ、あんた昨日いくつグラス割ったか覚えてんの？」

麻衣子は苦笑いして首を傾げた。

「四つよ。四つ。それで散々飲み食いしたあと、いつ転勤できるんだって占い師に絡んだんだからね。それでしかたなく涼君が化粧ぼろぼろで髪を振り乱した、お化けみたいなあんたをタクシーで送ってたんだよ。いまごろあんた、タクシーの運転手さんにお化け乗せたって、怪談されてるよ」

「お化けって……失礼な」と言い返したが、記憶がないので声が小さくなった。おそらく加奈の言ってることは本当で、みなに迷惑をかけたのだろう。

「とにかくお礼言いな。涼君に」

うしろの席に座る涼を加奈があごでさした。最近、派遣社員として入社したいまどきの男の子だ。バスケのクラブチームに所属していて、働きながらプロを目指しているらしい。ちなみに歳は十も離れている。

「涼君、昨日はごめんね。ご迷惑をおかけしました」

麻衣子が頭を下げると、「この人に変なことされなかった。酔うと人格変わるからね」と加奈が茶々をいれる。

「ぜんぜん平気っすよ。麻衣子さん、ずっと運転手さんとナツメロを歌ってましたから。なんでしたっけあの曲。小学生のときよく流れてた、あれ」

「グローブでしょ。麻衣子は酔うと小室哲也の曲ばかり歌うのよ」と加奈。

「そう、それ。ラップを歌えってしつこかったんですよ……」

うっ、そんなことまでしてたのか。顔が熱くなる。それにしてもグローブを小学生のとき聞いたのか。時間の流れが速すぎる。とにかく今日から禁酒しよう。三か月前も同じような失敗をして、そう決めてこれだけど。

涼が席を立ったところで、加奈が顔を寄せる。

「あんなに酔って帰ったら航平も心配するでしょう。だいたいあんたたち最近どうなの？」

航平は加奈の旦那が紹介してくれたのが出会いだった。

「別に普通だけど」

「ふーん、ならいいけど」加奈が意味深な言い方をする。

「なによ」

「最近、航平が早く結婚して落ち着きたいってよくこぼすんだって。うちの旦那が言ってた。なんか同僚もみんな結婚したし、親を喜ばせたいんだって」

「そのことなんだけど、実はさ……」

麻衣子は航平の部屋で指輪を見たことを話した。

「えーっ」加奈が大声を出したので「しーっ」と言って止めた。

「それ、絶対プロポーズじゃん。で、どうすんの麻衣子」

やっぱり航平は、プロポーズするつもりなんだ。指輪を見たし、この前は保険がどうなってるかと聞かれた。

本当にプロポーズされたら、わたしはいったいどうするのだろう。やっぱり歳のことを考えて結婚するのだろうか。

「うーん」

麻衣子が首を捻ると加奈が目を見開く。

「あんた、まさか断るの」

「そういうわけじゃないんだけど、今すぐどうしても結婚したいわけじゃないというか……」

加奈がどうしていいかわからないという顔をしている。

「そんなことよりさ、加奈。新しい部長どんな人なんだろう?」

なんとなくこれ以上は触れてほしくなくて、麻衣子は話題を変えた。

「ｖｏｙａｇｅで下積みして、ｒｉｚの編集長になった人でしょう。やっぱり相当キレる人なんじゃない」

ｒｉｚというのはその部長が編集長を務めていたファッション誌だ。斬新な企画を当て続け、出版不況のご時世に発行部数を伸ばし続けている。

「でも、雑誌の人がうちみたいな会社来てうまくいくのかな」

「使えない上司じゃなければいいね」

話を合わせたが、実際、内心は期待していた。マンネリ気味だった仕事が変わるかもしれないし、海外勤務まで決まるかもしれないと思うと胸がそわそわする。いつものルーティンワークが今日は楽しく感じられて、あっという間に時間が過ぎた。

新しい幹部同士が顔合わせをする取締役会の時間が迫り、麻衣子のチームはその準備に追われた。廊下で知らない顔を何人か見た。新しい部長かもしれないと思うと、つい必要以上の笑顔で会釈をしてしまう。

同期とランチに行く時間になった。会議の準備は算段がついたので、あとをメンバーに任せ、麻衣子はデスクに戻った。

そのとき、後輩の智美から電話がかかってきた。

「ああ、麻衣子さん。大変です。わたしはいったいどうしたらいいのでしょう」あわてた声だった。元プログラマーの智美は少し変わった子で、漫画とアイドルに詳しく、サイトのシステムを担当している。

「どうしたの、智美、落ち着いて」

「あの、なんていうか、資料が足りなくなって、それで、あと……プロジェクターが突然機嫌を損ねてしまって……、うんともすんとも言わないんです。自分なりに善戦はしてみたのですが、機械にはそれが伝わらなくて。あー、どうしましょう、麻衣子さん」

「え、プロジェクター映らないって、もうあと十分しかないじゃない」

まずい。会議が遅れたら、幹部に格好がつかない。新しい部長の面子を潰すことになる。でも今日は同期とランチだ。人気のビストロがやっと予約できたのだ。プロジェクターの設定ぐらい、その場にいる人がきっとなんとかしてくれるはず。

いや、だめだ。智美に恥をかかせられない。

プロジェクターが映らなかったときのために、麻衣子はあわてて資料をプリントアウトした。同期に《ごめん、今日のランチ行けなくなった！》とメッセージを送り、書類の束を抱えて会議室に向かった。でも、新しいハイヒールだからうまく走れない。でも、そんなことはかまってられない。

麻衣子は内股走りで急いだ。

節電という名の経費削減で冷房も効いてないから、汗が滲み、化粧が崩れてきた。毛穴が開き、前髪が額に貼りつく。

「あっ」

廊下を曲がったところで顔に鈍痛が走り、持っていた書類が宙を舞った。

誰かにぶつかったようだ。

「すみません」

あわてて、落ちた書類を拾った。

しゃがむとき、ちらっと相手の顔が見えた。彫の深いワイルド系の顔だった。ヒールを履いて胸にぶつかるくらいだから、相当背丈がある男だ。ぶつかったとき、胸板が厚いのも伝わってきた。なに、この昼ドラみたいなシチュエーション――。

書類を拾ってるうちに、手が触れ、あ、すいません、って感じで、お詫びにお食事でもってなるかもしれない。憧れの仕事と一緒に、新しい恋もついてくるの？

きゃー、何考えてるのわたし。航平っていう彼氏がいるじゃない。

「おい、そこのあほ毛」

男の声が聞こえた。自分に向けた言葉だとは思わなかった。

「お前だよ。あほ毛女」

え、わたしのこと――。

顔をあげると、顔が濃く、ぎろっとした二重瞼の男に見下ろされていた。いかにも上質そうなスーツを着ている。

「お前どれだけファンデーションとチークとマスカラ塗ってんだ。俺のシャツに化粧がついて、お前の顔のプリントシャツみたいになっただろ」

男の真っ白なシャツに目を向けると、おでこのベージュと頬のピンクとまつ毛の黒い線がきれいについていた。

「え、あっ、すみません……」

麻衣子が頭を下げると、男は黙ったままこっちをにらみつけている。

「あのう、クリーニング代出しますんで……」

「あほか！　このシャツはマルジェラの新作だぞ。クリーニングなんかに出せるか。あほ毛ぼうぼうのお前が着ているＨ＆Ｍのシャツとは違うんだ」

たしかに今日はＨ＆Ｍの白シャツを着ている。でも、これはリーズナブルなアイテムをこなれた感じに着こなす、あえてのＨ＆Ｍだ。というか、なんでわかったんだ。

いや、そんなことはどうでもいい。あほ毛あほ毛ってなんなんだ。女性に失礼だろ。

男は舌打ち交じりに「これだから、ネットの人間は」とジャケットの襟をただし、その場を立ち去る。

咄嗟のことで頭がうまく回らなかったが、冷静になるとものすごく腹が立ってきた。言い返せばよかった。廊下の消火器を蹴り飛ばしたくなった。

＊

会議の設営に時間をとられたせいで、結局ビストロどころか何も食べれなかった。

「涼君、そろそろ行こうか」

気合いを入れるためにレッドブルとエスプレッソを同時に飲み、涼と山蓉商事《さんようしょうじ》という大手のアパレルメーカーに向かった。

その会社はブライダル事業に乗り出すらしく、ウェディングドレスや小物を、麻衣子の会社が運営するサイトで取り扱わせてもらうという案件だった。

ウェディングドレスは一生に一度の買い物だ。他の商品と違い、生地のサンプルを送ったり、返品が多かったりするので、業務フローが煩雑になる。ただ、単価が高く、式場や婚活サービスなどブライダル関連の広告を入れやすい。成功すればビジネスとしては魅力的だった。

案の定、プレゼンの十五分前に、取締役の内田からメッセージがきた。

《俺がつくったコネクションだ。気合い入れてとってこいよ》

麻衣子としても契約したかった。山蓉商事は歴史のある日本のメーカーだけあって、素材も縫製もいい。山蓉商事と契約できれば、いずれはドレス以外の服も取り扱えるかもしれない。そうすれば平均単価と販売数もあがって、送料をサービスできる。不景気であっても女の子にはオシャレを我慢してほしくない。

ただ、山蓉商事は何度も接待を要求したり、短い納期で無理を言う下請け泣かせのクライアントで有名だった。

会議室に入るといきなり甲高い声が聞こえてきた。

「あらあ、麻衣子。今日は素敵なジャケットじゃない」

競合のＩＴ企業で営業をしている千春だ。芸能人がブログをやってることで知名度とユーザーを一気に獲得した新興の企業だ。社長と社風がチャラチャラしているのが気に入らない。

千春の会社はすでに山蓉商事とウェブまわりで年間契約していて、今回の案件も自分のところで巻きとろうとしていた。

千春とはこういったコンペで何度も顔を合わせていて、加奈がセッティングした飲み会で、何度か話したこともある。今日は短めのスカートで、髪を巻いていて、童顔に見えるメイクで、決して同じ三十五歳には見えない。それどころか周囲にお色気を撒き散らしている。

麻衣子はふと足元を見て、しまったと思った。千春は同じブランドのハイヒールを履いている。しかも千春のは今年の春夏だ。わたしのはセールで買った去年の秋冬。半年古い。

千春もそれに気づいたのか勝ち誇った顔をする。

「千春こそ、今日も髪形かわいいじゃない。同い年には見えないわ」

麻衣子は負けてられないと思って言い返した。千春はひきつった笑みを浮かべる。

「麻衣子もそのネックレス似合ってる。自分で買ったんでしょう」

「そうよ。三十五歳になった記念に買ったの」

この件《くだり》は、毎回恒例で、お互い半分は冗談で半分は本気で言っている。

「今日はかわいい子連れてるじゃない」

千春が涼を見て、男みたいなセリフを言った。

「君、このお姉さんには気をつけなよ。中目黒の居酒屋で隣の席の男と喧嘩になって出禁になった女だからね」

やめろ。昔の話を吹きこむな。涼が苦笑いをしている。

そこに先方の重役が入ってきた。「専務ー」ハートマークが付きそうな声で、内股走りで擦り寄っていく。赤いソールが大理石の床にぶつかりかつかつと音を立てた。

あの手のタイプはうまく立ち回って、楽に仕事するタイプだ。実際、前回のコンペは千春の会社が接待攻勢に出て持っていかれた。

この前、千春が若い男と歩いているのを見たことがある。しかも、二回とも別の男だった。今日は女子アナ風の上品なスタイルだが、そのときは西海岸風のカジュアルだった。千春は仕事とプライベートでキャラもファッションも使い分けている世渡り上手だ。

でも、千春がいてくれて安心している自分がいる。この歳になると、結婚をしないで仕事をしているというだけで戦友のような気がしてくる。それに千春はオシャレだし、見た目も若いから自分もがんばらなきゃって気持ちも湧いてくる。張り合いが出るのだ。

「なんだね、このインタラクティブコレクションっていうのは」

プレゼンが終わると、反対側に座る男の列からとがった声で質問が飛んできた。山蓉商事の専務だった。

「年末に取り扱いブランドをお呼びしてファッションショーをおこなうんですが、それを動画で配信して、ランウェイを歩くモデルが着る服を、会場でもネットの向こうでもすぐ購入できるようにします」

「このトークライブってのは、いるの？」

麻衣子たちが企画するショーは、働く女性をターゲットにしているので、ただモデルを歩かせるのではなく、独身をつらぬく女優や国際結婚をしたアーティストなどのトークライブを入れていた。

「ひと口に結婚といっても、式や旅行だけで満足できる時代は、終わろうとしているんです。生き方という答えのない問題にどう向き合うか、女性はみな真剣なんです。それに、今までと違うものを目指したほうがメディアもとりあげてくれます。御社のドレスを注目してもらうためにもちょうどいいかと思います」

「じゃあさ、そのショーはどうやって知ってもらうの？」専務が椅子に仰《の》け反り、頭のうしろで手を組む。

「サイトの会員、百万人に発行しているメールマガジンやSNSで告知します」

「メルマガね……。そんなもんで知ってもらえるのかね。俺なんて開いたことないよ」

「クーポンなどの特典を付けますので、五パーセントくらいのレスポンスは見こめます。ですから、五万人くらいにはリーチができます」

説明したのに言葉が返ってこない。沈黙が流れる。

きっと、うちをコンペから落として、千春の会社と契約する気だ。麻衣子は言い返しながら思った。千春の会社は接待がすごいのだ。

「システム構築にコストかけすぎなんじゃないの」今度は別の男性が声をあげた。「在庫情報をリアルタイムで反映させるだけでこんなにかかるかね……」

「たしかに。このプランだと費用対効果が悪いかも」今度は競合の千春まで質問をぶつけてきた。

おいおい。それはルール違反だろう。やっぱりわたしは千春が嫌いだ。

「いえ、短期的には効果が出ないかもしれませんが、三年で回収できます」麻衣子は言い返した。

すかさず千春は口を開く。

「でも別で保守費がかかるんでしょう」

「保守費はどのシステムにしてもかかるでしょう」

「でも、これはオーバースペックじゃない？」

「セキュリティを担保するにはこれくらいは必要になります」

いつの間にか、千春と言い合いになっている。わかっているけど、口が止まらない。

「それに多少は価格を下げることも可能です」

「どれくらい？　うちの予算感だと、あと二割はひいてもらわないと承認おりないな」先方の男性社員が口を開く。

「すぐには回答できませんが、おそらくそれくらいであれば可能だと思います」

「これ以上値引きして大丈夫なんですか」涼が隣でささやいた。

「大丈夫よ」

「麻衣子さん。意地張らなくたって」

涼の言うとおりだった。これは意地だった。

ただ、この業界は一度システムを導入してしまえば、他社に乗り換えるのが難しいのだ。保守や運用で値引き分を回収できる。だから最初は赤字覚悟で仕事を受ける。

しかも、今回契約がとれず、この会社のドレスを取り扱えなかったらショーが地味になる。

だが、男たちは「営業部がそれで納得するんですか」「この前も経費使いすぎだって財務にささされただろう」「このご時世、社員を残業させるわけにもいかないからな」そんな言葉を飛び交わしている。

あー、もう。これだから日本企業は。そんなんだから、日本企業はグーグルとアマゾンに負けるんだ。

これはユーザーのため、会社のため、ニューヨークのためだ。アドレナリンが噴出する。

麻衣子はジャケットの袖をまくり、立ち上がった。

「とにかく、うちと契約してくれたら、問題ありませんから」

クライアントの男子社員が目を丸くしている。「なんだ、あの女は」そう顔に書いてあった。

あー、なにやってんだ。わたしは……。

帰りに涼とカフェに入り、麻衣子はテーブルに突っ伏して息を漏らした。

いつもこうだ。ぐだぐだ話しているのを見ていると、つい自分でやると言ってしまう。あんなこと言わなければよかったってあとで後悔する。

ジャケットを勢いよくまくり上げたせいか、肘のステッチがほつれていた。もう一つため息をつく。

「どうしたんですか、麻衣子さん」涼がジュースのストローをくわえながら聞いた。

「ほら、さっき、みんなの前で偉そうなこと言っちゃったじゃない。なんであんなこと言っちゃったんだろうって、思い出したら落ちこんできてさ……」

「でも、かっこよかったですよ」

「かっこよかった……？」

「はい。俺バスケやってるじゃないですか、麻衣子さん見てたら高校時代のキャプテンを思い出しました。どんなピンチでも必ずスリーポイントを連発して逆転してくれるんですよ」

エース広瀬麻衣子……。そんな言葉が頭に浮かぶ。できることなら、選手じゃなくて、ベンチで応援している、かわいらしいマネージャーになりたかった。

つい、またため息をついてしまう。それを聞いた涼が顔を覗きこむ。

「麻衣子さんだったらできますよ」

「え？」

「いままで無理だと思うことでも、なんだかんだやってきたじゃないんですか？　だったら、きっとできますよ。あとはいつもどおり一生懸命やるだけ」

「まあ、そうだけど……」

若いくせに妙に達観したこと言うぞ。この子は何を考えているか読めないところがある。

「それにしてもここのアボカドサンドうまいっすね」とサンドイッチを口に運ぶ。

涼は顔が小さいのに目が大きい。女の子のような顔をしている。でも、バスケをしているからか、背が高く、体がスリムなのに筋肉質だ。店員や客も涼をチラチラ見ている。最近の男の子はこういうふうに進化したのか。

そして何よりもうらやましいのは、その肌だ。

角質がきめ細かくて、すべすべなのが見てるだけでわかる。どんな高級なファンデーションを塗っても、若い素肌には絶対勝てない。きっと美容外科で注射何本打っても、その肌には戻れないんだろう。時間の流れは酷だ。

「どうかしました?」と涼がこっちを向く。

気づいたら、涼の肌に見とれていた。

「ううん。なんでもない」

麻衣子はあわてて首を振り、コーヒーカップを口に運んだ。

「涼君はさ、休みの日は何してんの?」

「週末ですか。午前中は練習で、午後はバイトですよ」

「えっ、週末もバイトやってんの?」

「はい。トレーニングを兼ねて引っ越しのバイトやってるんです」

そうか。東京で一人暮らしをするならそれなりにお金がかかる。若者が置かれている苦境はよくニュースで見かける。ちゃんとご飯は食べているのだろうか。家賃は払えているのか。そんなことが気になってくる

「食べな」麻衣子はサンドイッチの半分を涼の皿に移してやった。

「え、いいんすか」と言いながら、あっという間に平らげると、麻衣子の心配をよそに「これ、また食べに来ていいですか」と水を持ってきた女の店員にと話しかけている。

涼は軽い。こういう要領のよさそうなタイプは、すぐ女を好きにさせて浮気をしそうだ。

そんなことを考えたが、涼にとって三十五の女なんて、きっと女じゃないんだろう。生きている世界が違うのだ。これからいろんな人と出会い、いろんな経験をして、笑ったり泣いたりしながら成長していくのだろう。

「でも、バイトとか言いながら、本当は女の子とデートしてるんじゃないの」

麻衣子が軽口を叩くと、涼は「そんなことないっすよ。でも麻衣子さんだったらデートしてもいいかな」と言って、大きい目でこっちをじっと見つめる。ドキっとしてしまう。

こっちの反応を試しているような顔だった。すぐに、からかわれてることに気づいて、「何言ってんのよ」と肩を殴った。

「いってー。麻衣子さん力強いっすね」

「あんたが変なこと言うからよ」

お茶が終わったあと、涼を会社に帰して、自分は百貨店に寄った。裾上げしたパンツを引き取るためだ。仕事のついでに用をすませると、時間を得した気持ちになる。

デパートから最近できた地下街を歩いて駅に向かった。

英会話教室の前にあるパンフレットを見て、そろそろ英語の勉強を本格的に始めないといけないことを思い出した。転勤が決まれば、ＴＯＥＩＣの試験だってある。もし山蓉商事との契約が決まったら勉強する時間を作れるのか。一日三十時間くらいあればできたのに。そんな勝手なことを思う。

次に目に入ったのは旅行代理店の前にあったポスターだった。

「今年こそ温泉婚」というコピーに向かって、「なんでも婚をつければいいってものじゃないだろう」と口の中で言ってみる。

その先の液晶ビジョンには結婚情報誌のＣＭが流れていた。サプライズで彼氏から指輪を渡されプロポーズされる演出だ。

結婚こそが女の幸せという、一方的な圧力をやめてほしい。

三十になる前は結婚に焦ったこともあった。でも今は自分の生活に満足している。だから無理に結婚しようとは思わない。結婚したいと思ったときに結婚する。それが一番だ。

＊

「あそこで腰に手をあててウコン飲んでるのが広瀬さんです」

会社に戻って一息つくと、智美の声がした。

会議室から「呼んで来い」と男の声が聞こえる。

どうやら、宇佐美という新しい部長が一人一人面談をしているらしい。それにしても、ウコンを飲んでる女って、他に言い方があるだろう。

「新しい部長って、どんな人だった？」加奈に声をかけた。

「あ……、うん。まあ、面白い人だったよ」

「やっぱり、キレものだった？」

「まあ、キレものって言えばキレものなのかな……」

なぜか加奈の歯切れが悪かった。

訝《いぶか》りながらドアをノックし「失礼します」と部屋に入ると「あ」と声を上げてしまった。脚を組んでソファーに仰け反っていたのは、今朝、廊下でぶつかった男だった。

「座れ」

麻衣子は小さく頭をさげ、向かいに座った。改めて見るとやっぱり顔が濃い。身に付けているものは全てブランドものだとわかった。ただ、シャツにはファンデーションがついてない。よく見ると今朝見たものとは別のシャツを着ている。胸のあたりにフリルがついていた。

「今朝はすみませんでした」かたちだけ謝った。

「いや、いい。お前のおかげで運命の一着に出会えた。知り合いのショップに行ったらいいのが見つかったんだ」

宇佐美はわざわざ立ち上がり、ジャケットを脱いでシャツをこちらに見せた。胸のフリルが揺れる。フラメンコのダンサーが着ていそうなシャツだ。正直、何がいいのか全くわからない。少なくとも一緒に歩きたくはない。女性誌の編集長ってみんなこうなのか。理解に苦しむ。

職歴や業務内容を記入した書類を宇佐美は手にとった。

「広瀬麻衣子か……。だからH&Mを着てるんだな」

イニシャルのことを言っているのだろうか。どういう反応をしていいかわからず、麻衣子はハハハと笑って流した。

「お前は海外勤務が希望か……」

書類には自分の今後のキャリアプランについて書いた資料を挟んでおいた。

「お前だけだよ、自分のキャリアプランをここまで細かく書いたのは。希望はニューヨークの本社か？」

「はい」

「どうして、ニューヨークがいい？」

「わたしが子供のころ、服を買いに行くのってすごく大変なことでした。一日がかりで渋谷や青山に行って電車賃もかかった。でもネットなら、どこに住んでても好きな服が買えて、オシャレになれる。ｖｏｙａｇｅの知名度を使えば、その利便性を世界中に広められると思ったんです。なので、わたしがニューヨークの本社に転勤したら、世界中、どこにいても服が買えるオンラインの事業を始めたいんです」

長年思っていたことを志望理由として話すと、宇佐美が顔をあげた。

「向こうに住んだり、働いたりしたことはあるのか？」

「ないです……。ただ……」

やっぱりそれを聞かれるか──。正直に気持ちを伝えるしかないと思った。

「短期ですがホームステイしたことはあります。それにわたし……、本当は留学して向こうに就職したかったんです。でも、そのときは家庭の事情でしかたなくあきらめました。それをずっと後悔してるんです。だから、どうしてもニューヨークで働きたいんです」

麻衣子が熱をこめて話すと、宇佐美は「そうか……」とうなずき、もう一度ファイルに目を落とした。

「お前、今年で三十五か」

「ええ」

「結婚は?」

「してません。なので、時間は融通が利きます」

「今日は会社にどんなバッグできた?」

「え? バッグですか……。バーキンですけど」

唐突な質問に少し戸惑った。雑誌の元編集長だから持っているバッグが気になるのだろうか。

「よし、いいだろう」宇佐美はファイルを閉じた。「お前の気持ちは十分伝わってきた。上に話をつけてやってもいい」

「本当ですか。ありがとうございます」

いやなやつだけど、仕事はしっかりやるタイプなのかもしれない。社員の資質を見極めて、最適な組織をつくる。普通の管理職は、そんなこと面倒だからやらない。でもこの人は違うんだ。

「ただし、一つだけ条件がある」

「なんですか、条件って」

宇佐美は急に身を乗り出し、不自然な二重瞼をつくった。

「半年以内に結婚しろ」

は? 麻衣子は絶句した。

「いまな、先進国の出生率は軒並み低下していて、日本は一・四四パーセント。ドイツは一・五、韓国は一・一七だ。だが、世界的に少子化が進行している一方で、フランスは大幅に出生率を改善した。お前はフランスがどうやって改善したかわかるか」

麻衣子が呆気にとられていると、宇佐美は続ける。

「フランスは結婚をあきらめたんだよ」

「どういう意味ですか？」

「子供を産んだときの保障制度を充実させて、シングルマザーでも子供を育てられるように社会制度を変えたんだ。実際、学校でも父親がいない子供があたり前になってる。でも、日本でそんな制度受け入れられるわけはない。だからお前が体当たりで婚活して、この日本でどうやって結婚と向き合えばいいかコンテンツにして、世界に発信しろ」

「あのう、おっしゃってる意味がよくわからないんですけど……」

宇佐美は舌打ちしたあと、吐きすてるように言った。

「そのまんまだよ。お前が体当たりで婚活して、それを記事にして話題とアクセスを集めろ。それで山蓉商事と契約してブライダル事業で実績を残せ。少し前に、雑誌で似たような企画をやってな、それが好評で本もベストセラーになったんだ。それを今度はウェブでやる。もちろん他の仕事と並行してやれ」

どうやら、冗談で言ってるわけではなさそうだ。

「どうしてわたしなんですか?」

「高いヒール、完璧な爪、隙のないコーディネート、お前は男が脅威を感じる条件を見事にそろえてる。お前みたいな着飾った金のかかりそうな三十五の女が結婚できれば、見てるやつの勇気がわくだろ」

は? 何言ってんだ、こいつ。

麻衣子が声を出せないでいると、宇佐美が面倒くさそうに聞いた。

「お前、バーキンの名前の由来知ってるか?」

「知ってますけど……」

「じゃあ、言ってみろ」

「たしか、女優のジェーン・バーキンのために作ったんですよね」

「そうだ。偶然飛行機でジェーン・バーキンと隣り合わせたエルメスの社長が、籠《かご》のバッグに物を詰めこんでいる姿を見て、贈ったのがバーキンだ。それ以来、バーキンは働く女の象徴として定着した。で、そのジェーン・バーキンがどうなったか知ってるか」

「それは知りませんけど……」

「三回離婚してるバツ三の独身なんだよ。いいか、これからの時代、自分で働いてバーキン買うことより、男に数万円のリングを買わせることのほうが、はるかに難しくなんだ。だからお前がそれをやれば、情報に価値が出るだろ」

言ってることがめちゃくちゃだ。こんな人が新しい部長になるなんて到底信じられなかった。

宇佐美は立ち上がり、窓の外を見て言った。

「それにな、他のやつに聞いても、お前が適任だって言ってたぞ」

「えっ、そうなんですか……」

「ああ。あの人は絶対結婚できないって、みな口を揃えた」

あいつら――、加奈たちの顔が浮かぶ。

「言っとくけどな、お前はついてるんだ。俺はな、ずっと出版社で恋愛と結婚の特集をやってきた。すべて完売。つまり、世界で一番恋愛に詳しいのは俺だ。俺に言わせれば、半年で結婚なんて算数を解くようななもんだ」

「結婚がそんな簡単なわけないじゃないですか」

「いや、簡単だ」

「どうしてそんなこと言えるんですか」

「俺はお前をハムからハイブランドに変えることができるからだ」

麻衣子は顔をしかめた。

「どういうことですか……」

「お中元でもらうでっかいハムあるだろう。桐の箱に入った外側だけ高そうなやつ。お前はあれと一緒なんだよ」

「どうしてわたしがお中元のハムなんですか」つい声を荒げてしまう。

「外側は装飾してあって高級。でも、あんなでっかいハムもらっても食えないよな。よくて最初の一口食べて終わりだ。しかも、ああいうでかいハムをもらうと、もらったほうもお返ししなきゃいけないって気持ちになる。それと同じように、お前と付き合う男は、この女にはいろいろこだわりがあって、高級な店に連れてけとか、高いプレゼントしろとか、いろいろ要求してくるんじゃないかっていうプレッシャーを感じるんだよ」

宇佐美は袖をまくってから身振り手振りを交えて説明する。ダイヤに縁取られた腕時計が見えた。

「だが、同じ高級品でも、ハイブランドの服やバッグは高くても売れるし、ハムと違って長く大切に使われる。これだけ安くて品質のいい服が出回っているにもかかわらず、いまでも売上を伸ばしているんだ。だからお前みたいな金のかかりそうな女でも、ハイブランドの戦略やマーケティングを学べば売れるんだ」

宇佐美は決め顔をつくる。

「どうだ、やるか？」

「絶対やりません」

「どうして」

「そんなのやるわけないじゃないですか。なに言ってるか意味がわからないし、仕事で結婚するなんて、どう考えてもおかしいですよ」

「じゃあ、クビだ」

「は？　なに言ってるんですか……」

「お前をリストラするんだよ」

え。麻衣子は言葉に詰まった。

「今、この会社の負債は三百億だよ。毎月一・六億、ずっと赤字を垂れ流して放っておいたから、もうあとがないとこまできてんだ。収益が見こめないなら人を減らすしかないだろう。上からもそう言われてるんだ」

だからってどうしてわたしなの。辞めさせるなら他にもいるでしょう。

「リストラは金のかかる管理職から切ってくのがセオリーだ。いまだったら若くてイキのいいやつを雇える。辞めたくなかったら、俺の言ったとおりにやって、山蓉商事をクライアントにして実績を残すしかない」

入社して以来、この会社で心血を注いで働いてきた。実績も残してきた。まさか、自分が会社を辞めさせられるなんて思ってもみなかった。

航平の顔が浮かんだ。関係は冷めてきているけど、長く付き合えばそんなもんだ。これもタイミングかもしれない。

いやいや。だからって結婚なんて仕事ですることじゃない。そりゃあ結婚はしたいけど、無理にしたいわけじゃない。今の生活だって変えたくない。

「お前、結婚したくないのか」

「そりゃあ、したいですよ……」

「じゃあ、いつするんだ」

「結婚したいと思ったときです。だって、無理して結婚したって幸せになれるはずないじゃないですか」

宇佐美は再びソファーに座ったあと、「お前が結婚できる確率を教えてやろう」と足を組んだ。

「お前が結婚できる確率は、一パーセントだ」

「どうして、そんなこと言うんですか！」思わず大きな声を出してしまう。

「三十五歳までに結婚をしていない女が結婚できる確率は約五人に一人！　総務省統計局国勢調査を基に算出！　どうせ、相手に求めるのは、仕事に理解があって、自分の好きになる人で、尊敬できる人とか言い出すんだろう。そんなやつと出会える確率は多めに見積もって、それぞれ五十パーセント。お前みたいに結婚に対する意識が低いやつはさらに可能性が下がる。だから一パーセントだ」

宇佐美は早口でまくしたてる。

「つまりな、結婚をしたいと願い、結婚するために行動しないと、もう結婚ができない時代なんだ。そんな現実をどうクリアするか、それをお前が文章で示せ」

「でも、文章を書く仕事なんてしたことないですよ……」

「だったら絶対に経験しておいたほうがいい。トリー・バーチはな、ラルフローレンのコピーライターだったんだ。そのキャリアを経て、自分のブランドを立ち上げて成功したからな。文章で自分の思いを伝えるっていうのは仕事の基本だ」

「だからって、結婚したら海外転勤なんてできるわけないじゃないですか」

「ふん」宇佐美が鼻で笑う。「お前よくそんな考えで、海外転勤を希望するな」

「は?」苛立って、また大きな声を出してしまった。

「結婚してたら、女は海外に転勤できないなんて誰が決めた。欧米ではな、夫婦は対等なんだ。もし女の転勤が決まったら、二人で話し合ってどうするか決める。当然、男が仕事辞めてついていく場合だってある。それがグローバルスタンダードだ。もう女が仕事か結婚かを選ぶ時代は終わったんだ。両方を手に入れる時代が来てるんだよ」

「ここは日本ですよ。そんなの通じるわけないじゃないですか」

「そうだ。つまり日本の常識が古いということだ。だからこそ、結婚してニューヨークでもどこでも連れていって、新しい生き方を提示するんだ」

「無理ですよ。そもそも仕事で結婚するなんておかしいですよ。本当に結婚したいと思ったときに結婚します」

「お前、クリスチャン・ディオールみたいになるぞ」宇佐美が急に立ち上がり大きな声を出した。また胸のフリルが揺れる。「ディオールはな、田舎でグリーンピース育てて、それにはまってな、パリからデザイナーとして誘われたのに、グリーンピースが気がかりでそれを断って、スタートが遅れたんだ。いまの生活が悪くないからって、本来やるべきことを先延ばしにすると、本当に大切なものを失うぞ」

なんでディオールの話になるんだ。意味がわからない。

「来週、俺がニューヨークの出張から帰ってくるまでにやるか辞めるか決めておけ」

「わたしやりません。いまの生活に満足してるんです」

麻衣子は「失礼します」と冷たく言って席を立った。

「おい、待て」

うしろから声をかけられた。

「なんですか」

麻衣子は振り返ってぞんざいに言った。宇佐美はさっき脱いだジャケットを肩にかけて背中を向ける。

「お前は本当にこのままでいいんだな」

麻衣子は何も答えずに部屋を出た。

＊

いったい、なんなんだ。あの部長は。どうして上司との面談で、プライベートのことで怒られなきゃいけないんだ。ちょくちょくブランドとかデザイナーの話を出してくるのも理解ができない。ましてや結婚を強制するなんておかしいだろ。

誰かを誘って飲みに行きたい気分だった。でも行く人がいなかった。この歳になるとみな結婚してしまい交友関係が一気に減った。二十代を一緒に過ごしてきた仲間たちは、大半が結婚し、子供をつくり、キッズルーム付きのカラオケで昼間にママ友会をしているらしい。

携帯で会社のメールをチェックすると、《【ご報告】》というタイトルが目に入った。入社して三年で会社を辞めた後輩からだった。

いやな胸騒ぎがする。恐る恐るメールを開いた。

ああ。やっぱりそうだ。結婚の報告だった。しかもハワイ旅行の写真付き。

この【ご報告】はだいたいこれだ。

また歳下に先を越されたか。つい「あぁ」と声を出してしまい、前から歩いてくる人に顔を見られた。

いつもは気にしないものが、今日はなぜか胸に刺さる。それもこれも宇佐美とかいう変人部長のせいだ。

肩を落として、いつもの帰り道を歩く。

自分が望む生き方をして何が悪い。そう思う一方で、本当に今の生活を続けていいのだろうか。

それを考えないようにしている自分がいることも知っていた。

結婚してない友達だっている。行きたいときに自由に海外旅行に行ける。去年も思い立ってポルトガルに行った。好きな仕事をして、好きなものを食べている。だけど、ふとした瞬間、こんなことをずっとやっていていいのかと不安が過る。気づいたら三十五歳だ。アラサーという便利な言葉も使えなくなった。

子供はつくらないのか。老後も一人で生きていくのか。考えないようにしてきたことがたくさんある。まわりの目だって気にならないと言えば嘘だ。

そのとき携帯がなった。友達だったら飲みに誘おうと思った。でも画面を見ると母だった。いつもだったら出ないが、誰かと話したい気分なので電話に出た。

「もしもし」

「麻衣子、元気なの」

「うん、元気。お母さんは？」

「あいかわらずよ。最近胸が痛くて、病院通ってるんだけど、お隣の高橋さんがね……」

母は親戚のことや家のことをつらつらと話し始めた。煩わしいと思ってしまった。そうやって話を結婚に持っていくからだ。

「そういえば、いとこのみっちゃんからハガキがきたわよ。子供が産まれたって。みっちゃんに似たかわいい女の子だった。あんた正月に帰ってこなかったからわからないだろうけど、みっちゃんお腹大きくなって……」

「わたし、まだ結婚する気ないから」話の途中で遮った。

「どうしてよ」

「今は仕事が忙しいの」

「麻衣子、将来どうするの」母はすがるような声を出した。「ひとりは淋しいよ。仕事だけしてたって、女は幸せになれないじゃない。お母さんだって大学行けなかったけど、結婚したてのころは、毎日が楽しかったから、麻衣子にも……」

いつもの話になり、苛立ってしまう。

「留学をやめて就職しなさいって言ったのお母さんじゃない。それなのにどうして、仕事を一生懸命やっちゃいけないの」

乱暴に言って電話を切った。

はあ、どうしてこうなるのか――。麻衣子は夜空に向かってため息をついた。

父親は甲斐性のない人で、職を転々としていて、家に帰ってこない時期もあった。母は働きながら育ててくれた。言葉には出したことはないが、相当な苦労があったはず。二年前に父が他界してからはひとりで淋しく生活している。それはわかってるのに、どうしてもうまくいかない。

ますます気分が落ちこんだ。

そうだ。たまには手料理でもつくって、航平と晩酌しよう。

麻衣子はスーパーで食材を買い、マンションに着いた。宅配ボックスから通販で買った化粧品の段ボールを取り出し、それを脇に抱えて部屋のドアを開けた。

電気はついてない。部屋の微かなぬくもりが今日はなかった。航平はまだ帰ってきてなかった。なんだ。つまんない――。

ライトをつけて、バッグと段ボールを落とすように置き、缶ビールが入ったビニール袋を食卓に置いた。ビニール袋の下に紙が見えた。その紙にはマジックで何か書いてある。

《ここに来てくれ　航平》
メッセージと一緒に地図が書いてあった。
メールでくれればいいのに、わざわざ紙に書くなんて、いったいなんだ。
「あ」麻衣子は声を出して、航平の寝室に向かった。スターウォーズのおもちゃをどけたあと、「航平ゴメン」と手を合わせてから引き出しを開けた。
やっぱりそうだ。この前見た指輪のケースがない。麻衣子はピンときた。これからプロポーズをされる。だから、わざわざ外へ呼び出したのだ。
昔から航平はそういうところがあった。ハロウィンで仮装をしたり、記念日にサプライズをしたり人を喜ばせるのが好きだった。最近はないけど、付き合い始めて何年かは、誕生日プレゼントを凝った渡し方をしてくれていた。いいやつなのだ。
麻衣子はすぐさま加奈にメッセージを送った。
《航平から置き手紙。近所のカフェに来いって。しかも指輪がなくなってる》
《えーー‼　それ絶対プロポーズじゃん》
《やっぱりそうかな》
《あんたもうこれ逃したらチャンスないよ》
そうだよね。いったんプロポーズを聞いて、航平との結婚のことを前向きに考えてみよう。転勤のこととか、今後の生活のことは二人で話し合ってお互いにいい形を見つければいい。宇佐美はわたしなんて結婚できないと言っていたが、必要としてくれる人はいるのだ。

麻衣子は急いでメイクを直し、ばさばさになった髪は、トップにボリュームを持たせてうしろで一本に結んだ。ジャケットからお気に入りのワンピースに着替え、こういう日のために買った石の入ったペンダントトップを合わせた。


航平が指定したのは道路に面した広いカフェだった。テラス席が並んでいて、店の外では不自然にクマの着ぐるみが風船を配ってる。それほど大通りでもないのにピエロがパントマイムまでやっていた。来てくれと言った航平の姿はない。

これって、もしかしたらフラッシュモブってやつじゃないの――。きっと、急にカフェの店員やピエロが踊りだして、クマの着ぐるみから出てきた航平が、結婚指輪を差し出しプロポーズをするのだ。

カフェの音楽が止まるたびにドキドキしてしまう。カフェにいる人たちも、どことなくダンサーっぽい雰囲気を持ってる気がした。

だが、ピエロもカフェの店員が踊りだすことはなく、着ぐるみのクマは人目を気にせず、街路樹の陰で頭を取った。中に入っていたのは知らないおじさんだった。

しばらくして航平がやってきた。ノータイのスーツ姿だ。少し緊張しているように見えた。

「ごめん。遅くなって」

「ううん。大丈夫」

サプライズなんてするわけないよね。変な妄想をしていた自分が恥ずかしい。プロポーズを意識しすぎだ。

「麻衣子、俺……」航平から真剣な眼差しを向けられた。

「うん」

それから航平は黙ってしまう。

緊張しているのかと思い、麻衣子はやさしい顔をつくって背筋を伸ばし、プロポーズの言葉を待った。

航平は水を軽く口に含んだあと、のど元を動かした。

「俺、結婚する」

航平は注文をとりにきた店員に「コーヒー」と言ったきり黙ったままだ。

さっき、「結婚したい」でも「結婚してほしい」でもなく、「結婚する」と言った。それはわたし以外の誰かとという意味だ。

「いま付き合ってる人がいるんだ」航平がぼそりと言う。

「何よ、それ……」

麻衣子はカフェラテのカップを少し持ち上げたところでソーサーに戻した。

「付き合ってる人がいて、結婚するつもりでいる」

航平は目を伏せる。どうやらわたしは今、彼氏に結婚の報告をされているらしい。理解しようとしたが、どこか現実感がなかった。

「誰なの。相手は?」

「実は、今日来てる」

「え?」

「いまその子が来てるんだ」

航平がうしろを見て小さくうなずく。

近くで待ってたのか、その相手が店の中に入ってきた。

顔を見て一瞬で体が熱くなった。薄い色のカーディガンを着たその子は、うちの会社で働いていた子だった。

「昔、麻衣子の会社の近くで飲んだときに、由里菜に……、いや彼女に会ってみんなで飲んだことあっただろう。去年たまたま偶然再会して、それで……」

「麻衣子さん、本当にごめんなさい。悪気はなかったんです」

その子は入社してすぐうちの部署に配属された子だった。新入社員は戸惑うことも多いだろうと、面倒を見ていた。

しばらくして、由里菜に配送関係の仕事を任せたら、効率化という理由をつけて、商品と一緒に梱包していたメッセージカードや包装紙を廃止した。麻衣子が昔、社内に頭を下げて回って、やっと始めたことだった。

その結果、返品率が上がり、由里菜の仕事はあきらかに手抜きだったので、もう少し商品を受けとるお客さんの気持ちを考えて、と注意した。

そのときも、いまと同じように、麻衣子さんごめんなさい、悪気はなくて、と謝っていた。わたしのことをよく思ってないのは態度でわかった。そのあと、家庭の事情という理由で一年も経たずに辞めていった。

航平が由里菜と付き合ってることも、この場に来たことも、到底理解できなくて言葉が出ない。

「いまは結婚を前提に付き合ってる」

由里菜はずっとうつむいていた。たまに目元にハンカチをあて、涙を流す素振りを見せる。

航平は深々と頭を下げた。

「麻衣子、俺と別れてほしい」

頭を上げたあと、今度は由里菜に言う。

「ちょっと二人だけで話したいから、どこかで待っててくれないか」

航平の言葉には「いいだろうこれで」というニュアンスが含まれていた。

由里菜は黙ってうなずき、小さなバッグを持って立ち上がりながら、一瞬こっちを見た。つくったような反省の表情を見せた。

カフェで二人きりになる。隣のカップルは終始無言のままスマホをいじっていた。

麻衣子はすっかり冷め切ったラテを口に含んで息をついた。気持ちをぶつけてしまいそうで、自分を落ち着かせたかった。

「俺は結婚したかったんだ」航平はつぶやくように言った。

「わたしだって、いずれは結婚したいと思ってた」

「麻衣子は結婚したくないんだと思う」

「何よ、それ?」

「麻衣子には仕事とか旅行とか自分のやりたいことがたくさんあるだろ。しかも、自分で稼げるし、俺がいなくても十分、人生を楽しんでる。きっと麻衣子の人生に俺は必要ないんだ。だから一緒に暮らしてる意味がわからなくなった。俺は二人で夕飯つくって、ビール飲みながらテレビでも見るような普通の同棲がしたかったんだ」

どういう感情を抱いていいかわからなかった。お互いによい距離をとってきたつもりだった。その距離感が当たり前だと思っていた。

「麻衣子覚えてる？」航平が思いつめた声で続ける。「上司と揉めて、俺がカスタマーサポートに回されたときのこと」

「え、うん。覚えてるけど……」

「慣れない仕事して、スーツで地面に膝ついてコピー機の下をのぞいて、お客さんに怒られて手を黒くして帰ってきたとき、麻衣子はマネージャーに昇進したって酒飲んで帰ってきたんだ」

「しょうがないじゃない。取引先の人に誘われたんだから」

「そうじゃないんだ。あのとき、麻衣子はああしたほうがいいとか、こうしたほうがいいって俺にアドバイスを始めて、いやだったら辞めればって言ったんだ。そのとき出世する麻衣子がいやだなって思った。自分と比べて、うまくいってる麻衣子に嫉妬したんだ。情けないだろう。でも彼女はそんな俺でも何も言わず、ただそばにいてくれた」

航平は洟《はな》をすすってから言った。

「彼女は俺を必要としてくれるんだ」

＊

家に帰って、ベッドに入ってもなかなか眠りにつけなかった。

いつからだろう、航平とうまくいかなくなったのは——。もしかしたら、ベッドを分けたときからかもしれない。ダブルベッドで一緒に寝ているときは、航平とちょっとした会話があり、軽いキスもした。でも航平が早く家を出るようになってからは、相手を起こさないよう寝室を分けた。それで触れ合うことも、ほんの少しの会話もなくなった。そして今は一人で寝るには広すぎるベッドで体を縮こまらせている。

眠りについてもすぐに目を覚ましてしまい、やり直したいと、何度も電話をしそうになり、そのたびに指を止めた。

あなたがいないとやっていけないと、泣いて縋《すが》る自分をこの歳で出したくなかった。よりを戻したい気持ちよりも、プライドのほうが勝ってしまう。

でも、そんな気持ちに振りまわされるのも数日だった。

昔は恋愛をしてると疲れも感じなかったし、長電話して寝なくても平気だった。連絡がこないと仕事が手につかなくなることもあった。

だが、今は違う。仕事が手につかなくなるというよりも、仕事に気をそらして忘れられるようになった。いつしか恋愛がそういうものになった。人生の中心ではなくなったのだ。

ただ、中心にあるのが仕事だけかというとそれも認めたくなかった。わたしの中心にあるものはいったいなんなのか。

そんなことを考えていると金曜日になり、また一週間が終わる。


「最低だね、航平は。他に女をつくるなんて」

金曜日、加奈が飲みに誘ってくれて、いつものバーに来た。家で一人になると航平のことを考えてしまいそうだったからうれしかった。

「航平はさ、家庭をつくりたいらしくて、それを支えてくれるような女の人がいいんだって。わたしは仕事が大切で、自分の生活を変えたくないから、わたしは結婚に向いてないって」

加奈が吹き出した。

「なんで笑うのよ」

「だって、航平が言ってるのって、わたしと仕事どっちをとるのってことでしょう。そのセリフを男が口にする時代が来たんだなって、考えたらつい笑っちゃった」

ごめん、ごめんと加奈が続ける。

「きっと、麻衣子に合うのは仕事に理解があって、ついてきてくれる人だよ。でもそれって、完全に男の発想。しかも昭和の」

男か。加奈の言うとおりかもしれない。男だったら、かわいい嫁を見つけて、俺が働くからお前は働かなくていい。家のことを頼むって言えるのに。そうなったらどれだけ楽か。

「わたしたちは難しい時代に生まれたからね」加奈がつぶやく。

「どういうこと？」

「子供のころから、先生にも親にも、これからは女も仕事をして欲しいものを手に入れろって教えられてきたでしょう。でもそれを実現したら、男には欲しがられなくなった」

「うん、欲しがられない」

「しかも今の若い子は、お金だけじゃ幸せが手に入らないことを知ってるから、早く結婚する。そんなんだもの。普通の男は若いほうにいくでしょう。だから航平のような適齢期の男と若い女が結ばれるの。三十五歳の女を選ぶなんてガラパゴスの希少種よ」

加奈の言葉で、宇佐美のことを思い出した。もう一つ大きな問題がある。わけのわからない上司に結婚を命じられている。わたしの人生はこの先どうなるのか。

あー、もう。やってらんない。手酌でシャンパンをグラスに注いで一気に飲み干し、カウンターに突っ伏した。生ハムの塊と目が合う。あまり寝てないせいか急に酔いが回ってきた。

「まあ、航平の気持ちもわからないこともない。だって航平にとったら麻衣子って自分より働いて、自分よりまわりに頼られて、自分より稼いでるでしょう。それで自分の生活も楽しんでる。そりゃあ、俺ってなんなんだろうって考えちゃうよ」加奈が言う。

「でもね、わたしはまじめに仕事してきただけなの。それなのにどうして他の女がいいなんて言うの」

つい甘えた声を出すと、加奈に「でたよ」という顔をされた。

麻衣子は突っ伏したまま、おかわりとグラスを突き出すと、マスターのノリちゃんが「だめ」とグラスをひっこめて、代わりに水を出した。ノリちゃんは見た目は男だがゲイだ。

「あんたは存在自体がマウントポジションなのよ。だいたい、そんなにアクセサリーつけて、食虫植物みたいな柄のスカートはいてたら、男がひくわよ」

加奈も「そうそう」とうなずく。

「うあーん」麻衣子は声にならない呻き声をあげた。

「でも、わたし初めて見た。男と別れてステーキをつまみにシャンパンを開ける女」加奈がこっちを見て言う。

「あんたたちのそれがよくないのよ」小指を立ててグラスを持つノリちゃんが言った。「そうやって女同士で集まって、傷を癒す組合みたいのつくっちゃってるじゃない。だから、男に振られたり、いやなことがあったりしても、笑いに変えて、いつまでも現実から逃げてる」

痛いところを突かれた。たしかに、そうやって結婚してないことへの居心地の悪さから逃げてきた。

「でも加奈はまだいいよ。結婚してるから」

「あのねえ、わたしだってつらいのよ」

「どうしてよ」

加奈がグラスに残ったワインを飲み干してから、少し乱暴にグラスを置いた。

「……子づくりがうまくいってない」

「えっ、そうなの？」思わず頭を上げて、加奈をまじまじと見てしまった。

「そうよ。うちって五年付き合ってから結婚したじゃない。最初は子供つくろうと思って頑張ったんだけど、子供つくるために無理してするのって、つらいじゃない。排卵日伝えて、今日だからね、ってしてたら、そのうち旦那のほうがだめになって、そうするとわたしに魅力がないんじゃないかって自分を責めるようになってさ……。なんか披露宴の準備してても喧嘩ばっかりだし、彼の親にもプレッシャーかけられる」加奈が目を伏せて、グラスをいじる。「そうそう、法事のときなんて『早く赤ちゃん抱きたいなあ』ってエアーで孫を抱かれたしね」

加奈が子供を抱く素振りをしてみせた。

「結婚したからって、問題がなくなるわけじゃないんだね……」

麻衣子はシャンパンを飲み干してから、もう一度テーブルに突っ伏した。

「てか、あんた、来週健康診断でしょ。そんなに飲んだら、ひっかかるよ」

しだいに加奈の声が遠のいていった。

「やめてよ。どうしてここで寝るのよ。涼君がいないんだから、送っていく人いないのよ。ちょっと、麻衣子。ちょっと……」

＊

週末は一日中家で過ごした。やっぱり、仕事がない日のほうがつらい。昨日まで働いていた自分が嘘のように体が重くなり、何一つしたくなかった。

月曜日になり、麻衣子は出社前に病院へ立ち寄った。

三十五歳の健康診断には、通常の検査とは別に婦人科健診がある。せっかくなのでオプションの検査をつけておいた。妊娠や出産についても診てくれる。

病院は選べたので、実家の近くの総合病院に行くことにした。小学生のころに肺炎で入院したときから、かかりつけだ。行ったことのない病院の産婦人科に行くのは、なんとなく抵抗があった。

婦人科の待合室には、お腹を大きくした女たちがソファーに腰かけていた。自分よりも年下のお母さんもいた。なんとなく居心地が悪くて、読みたくもない雑誌を開いて呼び出されるのを待った。

「顔色悪いわね。風邪?」

やっと問診になり、診察室に入ると、銀縁の眼鏡をかけた年輩の女医に聞かれた。

「ちょっといろいろありまして……」

この一週間、あまり食欲がなく、病院の服を着ると自分がものすごく老けて見えた。

「これが、検査結果ね」と女医が紙を出す。

その紙に目をやると、「卵巣年齢」という項目に目が留まった。「四十歳」とあったからだ。

「先生、この卵巣年齢ってなんですか?」麻衣子は動揺して聞いた。

「卵胞から出るホルモンを測定すると、残りの卵子がいくつかだいたいわかるの」

「それが四十歳ってことですか?」

「ええ。でも、数を測ってるだけで質を測ってるわけではないの。だから、その数値がいいから妊娠できる、数値が悪いから妊娠できないってことはない。ただ卵って、生まれた時点で数が決まっていて、増えることはないのね。だから、お酒を飲みすぎたりとか、長い時間働いたりとか、過度なダイエットしたりすると、ストレスを受けて老化が早まって質を下げることがある。大切なことから目を背けて、そういう生活していると、犠牲にしてしまうものもあるの」

やるべきことをあとまわしにしていると大切なものを犠牲にする。たしか宇佐美も似たようなことを言ってた。あの黒光りした顔が目に浮かぶ。

「どうかした？」

女医が不思議そうにこっちを見ている。気づいたら眉間にしわが寄っていたようだ。

「いや、なんでもないです……」麻衣子は顔を戻して聞いた。「それで、先生、わたしは子供が産めるんでしょうか……」

「そればかりはなんとも言えない。人によるから。ただね、どんなに高額な治療をするよりも早く産むに勝ることはない。三十五を過ぎると、妊娠もしづらくなるし、流産のリスクも上がる。子供がダウン症になる確率も上がる」

流産、ダウン症、恐ろしい言葉を女医は並べる。航平と別れたショックから立ち直りかけていたが、もっと深いところに落とされた。健康が取り柄だっただけに、重い病気を宣告されたようなショックだった。

「でも、いまって不妊治療も進んでるって聞きますけど……」

「たしかにいろいろ発達してはいる。でもね、肉体的にも精神的にも経済的にも大きな負担だし、体外受精も卵子凍結も成功する確率は高くないの」

「え、そうなんですか……」消え入りそうな声しか出せなかった。

「うん、だから、仕事がんばってきた人が四十過ぎて妊娠しなくて病院に来ると『えっ、そうだったの』ってびっくりする人もいる。みんな、見た目の若さを保つのにはお金かけて必死にやるけど、体の中身は放っておくのよ」

それ、わたしだ――。美容には気を使ってたけど、体のことなんて気にしたことなかった。当たり前のことだけど、わたしだって歳をとってるのだ。

「念のため卵巣の検査も受けてもらうから」

エコーの写真を見たあと、女医はろくにこちらの予定も聞かず、パソコンに受診日を登録する。

「その検査も受けなきゃいけないものなんでしょうか？」

「だめよ、受けないと。もしかしたら腫瘍があるかもしれない」女医は椅子を回転させ、こちらに目を向けた。「三十五っていうのは、もう無理のきかない歳なの。昨日、夜中に運ばれた人も三十五歳の女性だった。家でワイン飲みながら仕事してたら、心臓が痛くなって救急車呼んだらしいの。ただの不整脈だったからよかったけど、心筋梗塞だったら危なかった。歳をとって一人でいるっていうことは、そういうリスクも背負うことになるの」

女医は再びパソコンに目を向ける。

「この日の十時、必ず来て」

「はい……」

ショックが大きすぎて、反論する気力が起きなかった。

見渡す景色が全て灰色っぽく見えた。病気とか老いとか、そういう問題がいつか来るだろうと思っていたが、まだまだ先だと思っていた。

すっかり肩を落とし、帰りの電車に乗った。携帯でニュースを見ると、総理大臣が新しい政策を発表したらしい。そのうちの一つが女性の管理職を増やすことで、また一つが少子化対策だった。

おい、おい、無理があるだろう。麻衣子はスマホにつっこみを入れたくなった。

三十五歳で子供を産みづらくなるんだったら、大学を卒業してから十年くらいの間にキャリアを積んで、子供を産めってことだ。まじめに仕事してたら三十なんてあっという間に過ぎる。それなのに子供産んで、育てて、働けって、いったいこの国は女をどれだけ酷使すれば気がすむんだ。女の管理職が増えないのは、みんな余裕がないからだ。

駅に着き、いつものようにエスカレータを降りる。ニュースサイトには、車を買うのも酒を飲むのも男より女のほうが多く、最近は女からのプロポーズも増えている。そんなヘッドラインが目に入った。

顔を上げると、壁には旅行や化粧品、英会話のポスターが並んでいた。向こうのビルには、エステとネイルサロンの看板だ。カフェではスーツを着た女の子がピンクのパソコンを広げて仕事をしている。段ボールをのせた台車を押す配達員も女の子だった。

見慣れたいつもの街並みが罠に見えてきた。働け、遊べと、女たちを誘いこむ魔女の森だ。美しい花に囲まれたその森は、一度迷いこむと抜け出せず、さまよったあげく、気づくと自分が魔女になっている。——って、なに、この怖い話。

麻衣子はあわてて首を横に振った。変なことを考えるのはやめよう。今はこれからのことを考えるんだ。

いったいわたしは何が欲しいのか。

仕事だろうか、結婚だろうか、子供だろうか、それとも自由な生活だろうか。

選べない。何も失いたくないし、全部欲しい気もする。

じゃあ今すべきことは何か？　きっと結婚なのだろう。仕事はこの先でもできるけど、子供を産める期間は長くない。

だからといって結婚する相手もいないし、何をしていいかわからない。自分が本当に結婚したいかどうかもわからない。

会社に戻ると、廊下の先から宇佐美がヴィトンのスーツケースを転がしながら歩いてきた。

ニューヨークの出張から帰ってきたようだ。

シャツはサンローランのコレクションラインだとわかった。麻衣子もコレクションラインで欲しいものがあったが、ほとんど流通していないのであきらめた。宇佐美はきっと雑誌の編集長だったから、一般人が手に入らないものが手に入るのだろう。

「おい、広瀬」

すれ違ったところで声がかかった。

「決心はついたか?」半年以内に結婚する企画のことを言っている。

「はい……」

やるしかないでしょう。会社を解雇されるんだ。

「ずいぶん声が小さいな」

「しかたないじゃないですか。仕事で結婚するなんて無理がありますよ」

「俺に言わせてみれば、ニューヨークの本社にも転勤できて結婚もできる。やらない意味がわからない」

「だからって……」

「俺の見こみが間違っていたようだな。その程度のバイタリティじゃ、ニューヨークじゃ通用しないぞ。多少の困難はな、努力でなんとかやり遂げる力が求められるんだ」宇佐美は出口に向かう。

たしかに宇佐美の言うとおりに結婚すれば、ニューヨークに転勤できて、出産の問題もクリアできるかもしれない。親だって満足させられる。

考えてみれば、宇佐美の無茶な要求をこなせば全てがうまくいく。

「あの、部長」

麻衣子が呼び止めると宇佐美が振り向く。

「本当にニューヨークへ行かせてくれるんですよね」

「当たり前だ」

半年で相手を見つけて結婚するなんて、全く自信ないけど、宣言すればなんとかしようとするし、なんとかなる。いままでだって、そうやって壁を乗り越えてきた。こうなったらやってやろう。それで好きな仕事も幸せな結婚も手に入れるんだ。

「わたしやります」

宇佐美が真面目な顔を向けた。

「念のため確認しておくが、お前が言っていたニューヨークから世界中に服を届けたいっていう夢は本当だな?」

麻衣子はうなずく。

「ニューヨークで認められるためには、誰もが納得する実績が必要になる。それに向こうの連中とやっていくのは、いま以上にタフだぞ」

「わかってます」宇佐美の目を見て言った。

宇佐美も二重瞼に力を入れて目を見返してきた。

「今はな、アレクサンダー・ワンやジェイソン・ウー、デレク・ラムといったアジア系のデザイナーがニューヨークのコレクションに参加して、評価されている時代だからな」

言っている意味はよくわからなかったが、「はい」と返事をしておいた。

「……よし。じゃあ、来週の水曜の夜を空けとけ」

「どこか行くんですか？」

「クライアントのパーティーに行く。出版社のときからずっと付き合いのあるクライアントが新しいブランドを立ち上げたからパーティーをやるんだ」

「レセプションか何かですか」

「まあ、そんなもんだ。お前には俺が考えている新しいビジネスを手伝ってもらう」

そう言ったあと、宇佐美はストールを巻き直した。少し行ったところで「そうだ」と立ち止まった。

「ドレスはできるだけ胸元を強調して来い」

「胸元、ですか？」

「ああ、パーティーの世界観とクライアントの意向を考えると、胸元は少し露出したほうがいい」

きっと、宇佐美はファッション絡みで、新しいビジネスをやろうとしているんだ。それで出版社時代に培ったコネクションをわたしに紹介しようとしている。いったい、どんなパーティーなんだろう。もしかしたらブランドのパーティかもしれない。ちょうど、新作の発表がある時期だ。ハリウッド女優がドレスを着てレッドカーペットを歩くようなイメージだろうか。

何を着ていこうか。なんだかテンションが上がってきた。

03

駅から少し離れたところにあるホールのロビーで宇佐美を待った。会場は想像していたのと違った。ブランドのプレスらしき人がいないし、飾り付けられている花が地味だ。

今日は前髪をリーゼント風に立ち上げて、目尻のアイライナーを太くした。ドレスは宇佐美の指示どおり胸元が開いた黒にした。ただ、ここにいる人の服装はカジュアルで、谷間を強調した自分が浮いてる気がする。

「おう、来たか」

そこに宇佐美が来た。セットアップのスーツでポケットにチーフを挿している。いつもよりベーシックな格好だ。もっとドレッシーな服装で来ると思っていた。

「受付は済ませたのか？」

「まだですけど……。いったいなんなんですか、このパーティー？」

「見てのとおり、婚活パーティーだ」

は？　婚活パーティー――。

「ブランドのプレスを紹介してくれるんじゃないんですか」

「誰がそんなこと言った。婚活ビジネスで急成長している会社があるんだよ。俺は広告を入れてもらうために、取材しにきたんだ」

話が掴めない。言葉を出せないでいると宇佐美が続ける。

「半年以内に結婚するって約束しただろう。どうせ出会いなんてないだろうと思って、お前の分まで申しこんでやったんだ。商品開発をするときはな、ああだこうだ考え続けるよりも、まずは売れなくてもいいから、とにかく商品を売ってみる。それが市場を理解する一番の近道だ。それは婚活も同じ。結婚市場がどうなってるか理解するために、このパーティーに参加して、お前という商品を実際に売ってみるんだよ」

「でも部長、露出の多いドレス着て来いって言ったじゃないですか……」

「それは、フラグシップ戦略。高級ホテルがやってる戦略と同じだ」

「え？」

「高級ホテルの数百万もするスイートルームは、実際に泊まるやつはほとんどいないが、高級な部屋を揃えてることによって、普通の部屋でもいいから泊まってみたいと思わせることができる。同じくお前は、初対面の今日は豪華なドレスで高嶺の花に見せる。でも次に会うときには、カジュアルな服装に変えて、高級なものを手軽に手に入れた感覚を与えられるんだ」

「じゃあ、なんでこんなに胸元を強調しなきゃいけないんですか」

「それは、男のジレンマを利用した戦略だ」

「はい？」

「男はな、第一印象で性の対象としてアリかナシか一瞬で判断する。しかし、同時に貞操も求める。男が最も恐れているのは女の浮気だからな。これが男のジレンマ。したがって最初は露出で相手の興味を惹く、相手が食いついてきたら、一切肌を見せず貞操スタイルに切り替える。男の本能に即した完璧な戦略だ」宇佐美はネクタイを締め直し、もう一度「完璧だ……」とつぶやいた。

何を言ってるんだ。婚活パーティーでこんなに胸元を出してたら、どれだけ必死な女なんだと思われる。モード寄りのドレスも明らかに浮いている。そもそも婚活パーティーで男を見つけること自体に抵抗がある。

「だいたい、こんなところで結婚相手に出会えるわけないじゃないですか」

「あほか。出会いなんてな、どこにあるかわからないんだ。プラダの三代目ミウッチャ・プラダだってな、プラダの偽者を売ってる業者に、やめるようクレームを入れに行ったら、そこの社長と恋に落ちて結婚したんだよ」

だから、なんでいまブランドの話が出てくるんだ。もうついていけない。

「わたし、帰ります」麻衣子は冷たく言った。

「いいんだな、クビになって」

クビクビって、そんな幼稚な脅しはやめてほしい。

「いいんですか、そんなこと言って。新しいマネージャーはもう見つかったんですか？　わたしなしでやっていけるんですか」

いま辞められたら一番困るのは着任したばかりの宇佐美だ。

「失礼します」

麻衣子は毅然と言って、その場を立ち去った。もう宇佐美とは極力接しないようにしよう。こんな部長とやっていくくらいだったら、自分一人で仕事をしたほうが、まだましだ。

「お前、逃げるのか」うしろから声がかかった。振り向くと、嫌味な笑みを浮かべた宇佐美がリップクリームを塗っていた。

「お前、パーティーで男に選ばれないのが怖いんだろ」

「そんなわけないでしょう」

「強がるな、お前みたいな女が、男に選ばれるとは思えない」

「わたしが選ばれないわけないじゃないですか。選ばれないのは部長でしょう」かっとなって言い返した。昔から、できないとか無理だと言われると頭にくる。

「ばかか。お前みたいな三十五歳の行き遅れ女に俺が負けるわけないだろう。淋しいなあ、おひとりさまのマンションに帰るのは」

「は？　自分なんか四十半ばのバブル引きずり男じゃないですか」

「どういう意味だ？」

「そのまんまですよ。あーあ、見ててつらいですよねー。四十五歳の独身男が結婚に必死になってる姿なんて」麻衣子はわざとらしく、「かわいそう」と付け加えた。

「俺は結婚なんてしたくねえ。これは取材だ。だいたいお前じゃないか必死なのは。アイライナー塗りすぎて悪霊にとりつかれた顔してるぞ。そういうメイクは男がひくんだ」

自分がブランドのレセプションと勘違いさせるようなこと言うからでしょう。まったく、話のわからない人だ。怒りのメーターが振り切れる。

「いつも服ばかり気にしているカッコつけ野郎のくせになに言ってるんですか」

「お前、部長に向かって、カッコつけ野郎だと。給料下げるぞ！」

こめかみを赤くした宇佐美が声をあげると、パーティーの参加者から変な目で見られていることに気づき、言い返すのをやめた。

宇佐美はジャケットの襟を直し、「賭けるか。どっちが勝つか」と小さく言った。

「いいですよ。負けるわけありませんから」

「じゃあ、俺が勝ったら、俺の考えた結婚プランを完全に実行してもらう」

「わたしが勝ったら、半年以内に結婚しないとクビってやつ取り消してください」

「まあいいだろう。どう転んでも俺が負けることはないからな」そう言って会場に入っていく。

まったく、もう。宇佐美といるとペースを乱される。

麻衣子はトイレに行って化粧を直すことにした。たしかにアイライナーは塗りすぎた気がしたからだ。


ホールに入ると、テーブルが並べてあった。それぞれに番号が書いてある。仕切りがないから隣の会話が気になりそうだ。

しばらくしてスカーフを首に巻いた女性が前に立ち、会のシステムを説明した。

女の正面に男が順々に座り、三分話すと交代。最後に気に入った相手の番号を紙に書いて提出するらしい。

認めたくないが、しだいにわくわくしてきた。学生のころ、冗談半分でこんな感じのイベントに参加してうまくいった記憶がある。宇佐美なんかには負ける気がしない。

会が始まり、目の前に明らかにおかしな人がやってきた。眼鏡の位置を何度も直し、荷物は紙袋に入れている。挙動不審だった。

その人のプロフィールシートには、「年齢：四十四歳」となっていた。職業はデイトレーダーと書いてある。

「どうも、こんにちは」

麻衣子が話しかけても、男は反応しなかった。

「こんにちは」もう一回挨拶しても、ずっと黙っている。妙な沈黙が流れた。

堪りかねて麻衣子が聞いた。

「どうして、何もしゃべんないんですか」

「意味がないから」男は早口で言う。

「はい？」

「僕、三十五歳と結婚するのなんて無理ですから」

は？　この人はいきなり何を言いだすんだ。

「だって三十五歳でこんなところ来る人ってすぐにでも結婚したい人でしょう。そういうのホント無理ですから」一気に言って、中指で眼鏡の位置を直す。

三十五歳の未婚はすぐにでも結婚したいなんて偏見だ。そういうふうに思われてるかと思うと腹が立つ。だいたい初対面でそんなこと言うか。

「僕、二十代前半、最低でも二十七までしか対象として考えてないんですよ。だって女の人って三十過ぎると劣化するくせに、プライドと買う服ばかり高くなるじゃないですか。僕は無駄なことはしない主義なんです」

お前は四十代だろ。

「二十代の人とうまくいくんですか」怒りを抑えて、あなたみたいな人が、というニュアンスをこめて言った。

「全然いけますよ。今の若い男って草食とかいってガツガツいかないじゃないですか。そもそも恋愛願望自体がないみたいだし。そうすると、若い女の子は同世代に恋人ができづらいんです。しかも今は女の子も恋愛対象となる年齢の許容範囲が上がってますからね。僕のトレーダー仲間の四十代もみんな二十代の子と付き合ってますよ」男は淡々と続ける。「もし、どうしてもっていうなら一番下にあなたのこと書いてあげてもいいんですよ」

「結構です」

そこで時間になり、男は隣の席に移った。

ああ。イライラする。

どうして、あんなやつにそんなこと言われなきゃいけないんだ。

ただ、改めてまわりを見渡してみると、若い女の子が多かった。しかも普通にかわいい。男は四十代くらいのおじさんが多いが、普通に若い女と話していた。そうか、こういったパーティでは男性が優位になるのか。

次の人が来る。ギンガムチェックのシャツにネイビーのジャケットを合わせた小洒落た感じの人だった。プロフィールシートの職業欄には百貨店勤務と書いてある。

「広瀬さんはこういうパーティーはじめてですか？」

「ええ、はじめてなんです」

「でも、どうしてここに？　広瀬さんみたいなおきれいな方だったら、こういうところに来る必要なさそうなのに」

おっ。きれいだって――。きっとお世辞だがよしとしよう。

「実は彼氏と別れたばかりなんですよ。最近なかなか出会いもなくて……」

「えっ、別れたばかりなんですか？」

「ええ。わたし管理職になって仕事ばかりしてたから、それですれ違っちゃって……。ほら、結婚ってどうしても男の人が稼いで、女が支えるって考え方があるじゃないですか」

「まあ、それは仕方ないですよね。でも、もう今の社会は女の人の力なしでは成立しませんから。我々男性が理解をしないといけないのかもしれません」

男が笑う。最初は少し冷たい雰囲気だと思ったが、話しやすい人だった。

しかも、この人は仕事のことを含めて理解してくれそうだ。好きなタイプの欄には知性的な人って書いてある。

「百貨店にお勤めなんですね」麻衣子から話を振った。「わたしはアパレルのＥＣサイトを運営してるんですよ」

「そうなんですか。ウェブのせいで百貨店は売り上げが下がって大変ですよ」

「でも、わたし百貨店で買い物するの好きですよ。今でも、いいことがあったときは、雑誌で欲しい服を見つけて百貨店に行って買うのが、習慣みたいになってますし」

「いやいや、もう終わってますよ。百貨店は。上の考えも古いし、若いやつは元気ないし」

男が自嘲めいた言い方をする。

「でも、できることがあるんじゃないですか。百貨店はシニア層の集客力があるから、海外旅行の販売につなげるとか、資産運用の相談をして、不動産販売につなげるとか」

「そんなことをやっても無駄」男から笑顔が消えた。「百貨店にそんな発想ないから。もうネット販売に税金かけて、リアルの店舗にお金が回るような法律をつくって縛るしかないの」

「法律で規制なんてしたら自由な競争ができなくなって、業界自体が衰退すると思います。そうなったら困るのは消費者じゃないですか」つい、熱くなって言い返してしまう。

「でもね、過剰な価格競争の下では苦しんでいる人たちがいるの。そういうのは政府が法律で縛らないと」

「わからないな、その考え。だいたい国が法律で縛ったら……」と口にしたところで、時間が来てしまう。

あー、話し足りない。どうして偏った見方しかできないんだ。そんなこと考える人がいるから、日本経済は世界から取り残されていくんだ。だいたい、いまの日本は――。

「おい」

とがった声がして、はっとした。目の前には宇佐美がいた。

「お前は政治家か」

しまった。話に夢中になり、今が婚活パーティーの最中であることも、次が宇佐美の番であることも忘れていた。どうやら、今のやりとりを聞かれていたようだ。顔が熱くなる。

「どうして、いま経済のことで討論になるんだ」

「だって仕方ないじゃないですか。間違ったこと言ってるから、本当のことを言っただけです。あいう間違った考え方の人がいるから日本経済が傾くんですよ」

宇佐美はあきれた顔をして、椅子にもたれた。

「お前がこのパーティーに参加した目的はなんだ？　男の思想を変えることじゃなくて、男から選ばれることだろ」

麻衣子は唇をすぼめてうなずく。

「お前はしゃべるからだめなんだ」

うっ、痛いところを突かれた。「しゃべらなければいいのに」は、昔からよく言われることだ。

「男が仕事の話を始めたら、すごーいって聞いてりゃいいんだよ」

「いやですよ、そんなの。男に媚びてるみたいで」

宇佐美は、「お前は本当に何もわかってないな」と、あからさまにため息をつき足を組んだ。

「お前、もしこのパーティーに無職の男がいたらどう思う？」

「なんですか急に」

「いいから答えろ」

「まあ、結婚相手には選べないですかね……」

「そうだろう。女は結婚してないと白い目で見られる。反対に男は、仕事していないと白い目でみられるんだ。しかも、未婚の女よりも、無職の男のほうが、はるかに世間から厳しい目で見られる」

「まあ、そうかもしれないですね……」たしかに仕事をしていない男の人に風当たりは厳しい。

「女はどうしても仕事がいやだったら、会社を変えることもできるし、仕事を辞めて家庭に入る生き方だってある。でも男は、無職だと結婚できないし、会社をドロップアウトしたら出世競争からもはずれる。コースアウトができないというプレッシャーの中で働いているんだよ。だから、どんなにきつい仕事でも、どんなに理不尽な上司でも耐えなければいけないのが日本の男の現実なんだ。男にとって仕事はそれだけナーバスなことなんだよ。それなのにお前は会って数分の相手に仕事のことに口出しした。どうせ、自分の彼氏にも『そんな会社やめちゃえば』とかそういうことを言ってきたんだろう」

また痛いところを突かれた。たしかに航平にそういうことを言ったことがある。この男は勘がいい。

「男の仕事のことに口出ししない。これが恋愛の第一法則だ。お前はもっと男のことを知って、男の気持ちを考えろ」

「でも、わたし、恋愛に法則とかそういうの持ち出して駆け引きするの嫌いなんですよ」

「お前はバカか。紫式部だってな、漢文の読み書きができたのに、そんな女はかわいくないからって『一の字も書けないふりをした』って千年前に言ってんだよ。平安時代の女ができて、どうしてできないんだ。お前は弥生時代の女か。卑弥呼か」

ぐっ、言葉が出ない。

「それと、その亀の甲羅みたいにでかい指輪はずせ。高い結婚指輪を買わされると思うだろ」

「別に男の人に何か買ってもらおうなんて思ってませんよ」

「お前が思ってなくても、男がそうやって思うんだよ」

そこで時間になった。

宇佐美は隣の席に移り、白いブラウスを着た女性を見るなり「ＩＴ企業で役員やってます、宇佐美と申しますー」と急にやさしい声を出し、表情を崩した。

「年収は千五百万で、もともとファッション誌で編集長やってたから、忙しくて使う暇もなくて、お金がたまってたまって。銀行から資産運用やれって、しょっちゅう電話がかかってくるんですよ。それが最近うるさくて。いやぁ、まいっちゃいますよねー」

宇佐美はしたり顔をしたあと、一万円札で額を拭き、小ネタで笑いをとる。

まったくもう。散々偉そうなこと言ったわりに、自分は金の話とタレントのギャグのマネじゃないか。しかも宇佐美のプロフィールには、「趣味：貯金」「特技：投資信託」と書いてあった。いったいどんな思考回路をしてるんだ。

「あのう……、すみません」

「あ、はい」すっかり、宇佐美に気をとられてしまった。前に座った男が不思議そうな顔でこっちを見ている。

「どうも、はじめまして」麻衣子があわてて笑顔をつくると、男も「どうも、はじめまして。谷口と申します」と挨拶した。

谷口はベージュのジャケットに眼鏡をかけた普通の会社員という印象だった。やさしそうな容姿だ。

「広瀬さん、ＩＴ企業にお勤めなんですね」

「ええ、はい。そうなんです」

「僕はデジタル音痴で、このパーティーをネットで申しこむのも大変でした。最近スマホを変えたら、メールが受けとれなくて」

わからないことがあるなら検索すれば。いつも部下に言ってるセリフが出かかったが、ぐっとこらえた。宇佐美の言ったとおりにするのは腹立たしいが、今は従っておこう。

「スマホって難しいですよね。わからないことがあったらコールセンターに電話すると教えてくれるかもしれませんよ」とやさしく言うと、「あぁ、なるほど。今度やってみます」と納得のいった顔をした。

改めて、谷口のプロフィールを見た。職業欄には医者と書いてある。

「谷口さんはお医者さんなんですか？」

「ええ、でも、町医者の跡取りですから期待しないでください。今は大学病院の非常勤の勤務医やってますけど、いつ突然呼び出されるかわからないし」と胸のポケットからガラケーを見せて笑った。人当たりのよさが伝わってきた。

「広瀬さん、こういうパーティー何回か来ました？」

「いえ、初めてなんです」

「僕は三回目です。なかなかいい出会いがなくて」谷口ははにかみ、頭を掻く。

「でも、お医者さんだったら、結婚相手なんてすぐ見つかるんじゃないですか」

「そんなことないですよ。なかなか自分がいいと思った人には気に入ってもらえなくて……。もう婚活疲れしてきました」

「婚活疲れですか？」

「ええ。試験とか就職活動だったら、いいじゃないですか。判断されるものが何か明確だから。でも婚活は、容姿も性格も収入も総合的に判断されて断られるのって、人間として否定されてるようなものでしょう。だからなかなかきついんですよ」

麻衣子もそれには納得がいった。テレビや雑誌では、こういったパーティを楽しいものとして宣伝しているが、参加している本人たちは、笑顔で大人の会話をしながら打算を腹にしまっている。うまくいかなければ精神的にも傷つく。

結局、あたりさわりのない会話を繰り返し、トークタイムは終わった。気に入った相手を記入するように司会者が促す。

麻衣子は何も書かずに提出した。ピンとくる人はいなかったし、そして何より知らない人に何度も同じ自己紹介をするのに疲れてしまった。

宇佐美は指名がうまくいったようで、白いブラウスの女性と勝ち誇った顔で帰っていった。

あーあ。麻衣子は大きく息をついた。一日参加しただけなのに、ものすごく疲れた。早く帰ってお風呂に入りたい。

帰り際「広瀬さん」とうしろから声をかけられた。

振り返るとスカーフを巻いた女性が小走りで近づいてきた。司会の女性だった。

「今日はお気に召す方いませんでした？」

「いや、そういうわけじゃないですけど。なんていうか、誰を選んでいいかわからなくて」

「そうですか。広瀬さんだけ無記入だったし、広瀬さんのことを選んだ方も何人かいたので、ちょっと気になりまして」

「そうなんですか……」

「広瀬さん、初めてだからわからないかもしれませんけど、今はかなり若い子も来てるんです。実際、このパーティーに参加できるのも三十五歳までで、四十歳までのものだと、参加を希望する男性は三分の一に減るんです」

それには何も答えなかった。あなたはもう三十五なんだから選ぶ権利がないんですよ、明らかにそんなニュアンスがこめられていた。

「もしよかったら、谷口さんに会ってみませんか？　谷口さん、広瀬さんのことすごく気に入ってたみたいなんで」

「谷口さん？」名前だけでは誰だか思い出せなかった。

「お医者さんの」女は小声で言った。

「ああ……」

「谷口さん、実はすごく人気なんですよ。ここだけの話ですがお医者さんなので、わたしどもからお願いして会員になってもらってるんです」

麻衣子は「はあ……」と曖昧に返事をした。

「こういう形で結婚相手を選ぶのに抵抗があるかもしれませんけど、いい方はみんな結婚しちゃってるんです。もう年収六百万以上で未婚の男の人なんてプラチナカードなんです。広瀬さんくらいの年齢だったら、いろんなことに妥協していかないと結婚は手に入らないんですよ」

収入の多い男を見つけて結婚するのが幸せ。

それは偏った価値観だ。自分で稼いで幸せを掴むことだってできる。今はいろんな価値観があるんだ。

帰り道、頭の中でさっきのスタッフを一生懸命ののしっていた。

そして、それはため息に変わった。結婚がはるか遠い道のりだとわかったからだ。

心のどこかでは、結婚なんて本気を出せばできると思っていた。

でも、現実を突きつけられると、これから誰かを見つけて、その人に好きになってもらって、そういう関係になって、結婚するなんて、できる気がしない。しかも、もう三十五歳で時間は刻一刻と過ぎていく。

若いころは、恋愛はもっと楽しいものだった。いつの間にか、つらくて険しい試練になっている。

「妥協か……」ついつぶやいてしまった。

通りのペットショップでショーウインドウの犬と目が合った。

白いミニチュアダックスフンドだ。小さなケースの中でちぎれそうなほど一生懸命しっぽを振っている。

「お前もひとりか。よしよし」と心の中で話しかけた。

値札を見る。三十万。手の届かない額じゃない。買ってしまおうか。仕事から帰ってきて部屋の扉を開けたとき、走って迎えにきてくれたら淋しさが紛れるのかもしれない。

いや、だめだめ。犬なんて買ってしまったら、結婚できない女が完成してしまう。それに、毎日散歩してあげる自信もない。

「ごめんね。いい飼い主が見つかるといいね」そう声をかけて、その場を去った。

＊

翌日、パーティーで感じたことをまとめてメールで送った。宇佐美は「紙で持ってこい」と言うので、「このアナログ男が」と口の中で毒づきながら印刷して、宇佐美のデスクに持っていった。

これから二週間に一回、麻衣子が結婚をテーマにコラムを書き、許可を得てから、恋愛コラムとしてサイトにアップする。会員にはリンクをメールで送ることになった。もちろん自分も含めて登場人物は全員ペンネームだ。

それでも自分の恋愛観を曝け出すのは妙に恥ずかしい。宇佐美に見せるのはもっと恥ずかしい。

「まあ、最初にしては上出来だ」

原稿をめくりながら宇佐美は言った。

「ああいう婚活サービスで結婚するのは一割程度と言われている。お前の言うとおり、結婚相手としての品定めからはいるから、相手のあら探しになりやすいのが原因だ」

「部長はどうしたんですか？　あの女の人とどっか行ったんですか」

「ふっ」宇佐美は口の端を持ち上げる。「あのあと食事に行ったけど、すぐ帰ったよ。あの女は俺の金が目当てなのが透けて見えたからな」

それは、あんたが金の話ばかりしてたからでしょう。天然なのか、この人は。

宇佐美はなぜか机の上に置いた原稿を不自然に前に出した。

改めてそれを見ると、付箋紙はエルメスのもので、原稿の上に置いたペーパーウェイトはティファニーだった。うしろの棚にはヴィトンのサッカーボールとシャネルのブーメランが飾ってある。

どうやら、宇佐美は高級ブランドが出しているレアなものを飾って、自慢したいらしい。

でも、宇佐美とはあまり関わりたくなかったので、それには触れず麻衣子は自席に戻ろうとした。

「おい、待て」宇佐美に呼び止められた。「この原稿、最後を直せ。結婚には妥協も必要だっていうところ」

意外だった。お前はもう歳なんだから、相手を妥協しろとか、現実を見ろとかそういうことを言われると思った。

「でも、言われたんですよ。この歳になると、相手を選んでばかりいられないって。それに今から誰かと出会って、結婚するなんて時間がかかりすぎますよ」

「努力しだいで時間なんていくらでも短縮できる。H&Mも企業努力で、商品を構想してから店頭に並べるまで八週間でできるようになったからな。それによって、売れ筋がわかったあとに服をつくって店頭に並べることができるから、売れ残りを減らせる」

その話は関係ないだろう。麻衣子があきれていると宇佐美は椅子から立ち上がった。

「まあ、お前は三十五歳で、よっぽどのもの好きじゃないとお前を選ばないがな」

やっぱりこいつは口が悪い。抑えていた怒りが一瞬で沸騰する。

「でも部長、麻衣子はよく二十代に間違われるんですよ」加奈が自席からフォローを入れた。

「たしかにこいつの若作り作戦は正しい。人間は見た目が若ければ、実際の年齢を気にしないことが実験でわかっているからな」

若作りって——。自分だろうそれは。

「あとは、男のニーズに合わせて自分を磨くまでだ」

「自分磨きだったら、わたしだってやってますよ」麻衣子はつい言い返してしまう。

「なんだ、お前がやってる自分磨きって」

「ワインスクール通ってたし、野菜のソムリエの資格も取りました」

宇佐美はわざとらしく顔をひきつらせる。

「お前の自分磨き、めちゃくちゃ間違ってるな」

「は？」

「恋愛に関係なさすぎだろう。逆にすごいわ、それを自分磨きって思うのが。ソムリエという名の資格を一つ取るごとに結婚が十年遠のくと思え」

「じゃあ、なんなんですか努力って？」顔が赤くなった気がしたので、突っかかるように言ってごまかした。

宇佐美はデスクの上に腰かけ、腕を組む。

「婚活パーティーに行って、自分の市場価値の低さと、結婚までの道のりがいかに遠いかわかっただろう。そしたら次は、その果てしなく遠いゴールにどうやってたどりつけるか戦略を立てる。そのために必要なのが、現状分析だ」

「現状分析？」

そのとき、フロアに丸い眼鏡をかけた智美が足音を立てて入ってきた。

「部長、資料を持ってきました」分厚い紙の束を両手で宇佐美に差し出す。「両面印刷、ツーアップで百二十四ページの大作でございます」

宇佐美はそれを受け取る。

「お前、自分が社内でどう思われてるか知ってるか」

「はい？」麻衣子が首を傾げると、「おい、田中読め」と宇佐美は受け取った資料を智美につき返した。

「えっ、わたしが読むんですか？」智美が戸惑う。

「早く読め！」

宇佐美が声を荒げた。智美は口を尖らせ資料をめくった。

「えーと、広瀬麻衣子が結婚できない理由。分析結果の報告」

「ちょっと待ってください。なんですかそれ」麻衣子が抗議した。

「社内でアンケートをとったんだよ。お前が結婚できない理由を」

「は？」

「お前が結婚というゴールにたどりつくためには正しい戦略が不可欠。正しい戦略を立てるためには客観的なデータが必要だろう。だからアンケートをとった。続きを読め」

智美がうなずく。

「えー、広瀬麻衣子が結婚できない理由。調査対象は二十三歳から六十八歳まで社内男性二四七人。複数回答可」

おいおい。二四七人っていったら男性社員ほぼ全員じゃないか。しかも六十八歳って社長だろう。

社内全員に結婚できない理由を聞いたっていうのか。晒し者じゃないか。

「麻衣子さんが結婚できない理由の第三位は、えー、六三票で『付き合うと金がかかりそう』、二位は『おっさんぽい』で一二六票。一位は『酒癖が悪い』で一八一票ですね」智美が続ける。「それで少数意見は、『笑い声が大きい』『笑ったときの口がデカい』『酒の席で二時間も仕事の説教をされた』です」

「お前そんなことしているのか」宇佐美があきれた目を向けてくる。「パワハラだぞ」

どっちがパワハラだ――。握ったこぶしに力が入る。

「これがお前の現実ってことだ」

「じゃあ、酒を飲むのやめて、安い服を着て、ぶりっ子すればいいんですか」

「違う！」宇佐美が声を荒げる。「おい田中、ポジティブのほうも読め」

「ええ、はい。続きまして広瀬麻衣子の好感を持てるところはどこですか、の回答です」智美が眼鏡の位置を直す。「三位が『おごってくれる』主に若手からですね。次に、『仕事ができる』、一位が『仕事に一生懸命』です」

「少数意見は？」宇佐美が聞く。

「『見ていて楽しい』『上司として優秀』、それと『うちの息子と結婚してほしい』これは社長からです。あとは『愛人にしたい』『男として接することができる』それから……」

智美をにらんで読みあげるのを制した。

「あー、でも、こんな意見もあります」

「なんだ？」

「普通に美人だと思います」

「そんなの社交辞令に決まってるだろう。行き遅れたこいつがかわいそうだから同情して書いてるんだ」

「でも三人います」

「ほら、三人もいるじゃないですか」

智美が味方をしてくれたので、麻衣子は言い返した。宇佐美は鼻で笑う。

「言っただろう。お前はお中元のハムと一緒だって。その外見が相手にプレッシャーを与えてるんだよ」

宇佐美は智美から資料をとりあげ、それを指ではじく。

「いいか、お前が目指すべきは香水だ」

「香水？」

「そうだ。ブランド品の中でも香水は価格が安い。だから高級ブランドでも、香水なら安いから、とりあえず買ってみようかという心理が働く。それをきっかけにブランドを知ってもらえる。つまり香水がブランドのコンタクトポイントとして機能してるんだ。お前も香水のように高級感がありつつも、手にとりやすい女になれ。そうすれば社内の評価も上がる」

「社内の評価をあげてどうするんですか」

「出会いをつくるんだ」

「いやですよ。社内恋愛なんて。面倒じゃないですか」

「なにも社内に限った話じゃねぇ。人の話をよく聞け！　このH&M女が」

「は？　なんですか、H&M女って」つい大きな声を出してしまう。

「お前には時間がないんだ。つまりお前にとって時間をかけることは大きなコストだ。大胆なコスト削減をしているファストファッションを見習うんだよ。お前好きだろ。H&M」

「別に好きってわけじゃないですよ」と言ったが、本当は今日もインナーのカットソーはH&Mだ。

宇佐美はお見通しだと言わんばかりに笑う。

「H&Mはな、大量に服をつくったうえに、ローカライズをしないで徹底的にコスト削減をして、経済学でいう限界費用を抑えてるんだ。それを見習え」

「どういうことですか？」

「ニューヨークではニューヨークで売れるもの、東京では東京で売れるものをつくるのがローカライズ。それはその分コストがかかる。でもなH&Mはあえてローカライズをしないで世界中で同じものを売って、製造コストを下げてるんだ。それは香水も同じ。ひとつ香水をつくれば世界中の老若男女に売れる。香水にはサイズもないし、メンズの香水を買うのも三割は女だからな」

宇佐美は続ける。

「今からいろんなところに行って、そのコミュニティーに馴染んで、そこで誰かと知り合って、そいつに合わせて恋愛して結婚するなんて時間と労力がかかりすぎるだろう。しかも、お前は仕事に対する姿勢が評価されてるんだ。だったらお前は自分のいるコミュニティで自分の価値を上げたほうが効率的に決まってるだろう。実際、結婚したカップルの出会いはこんなにネットが普及したいまでも職場が多いんだ。理にかなった戦略だ」

「でも、うちの会社、女が多いじゃないですか」

「関係ねぇ！　営業先でも、出入りしている業者でも、女でもいいから、身近な人の評価を上げるんだ。そうすれば誰かに男を紹介してもらえるかもしれないだろう。当然、人から紹介してもらったほうが、適当に飲み会やって知り合うよりも関係が深くなる。そもそも、近くの人間から評価の低いやつが、急に外で評価が上がるわけないんだ。同性でも異性でも身の回りの人から好かれるのが人間関係の基本なんだよ」

あなたには言われたくないですよ。そう言おうとしたがやめた。言い返すのが面倒になったからだ。

「わかりました。そしたら、社内の評価を上げるようにがんばります」

「宣言するだけだったら誰でもできるだろう」

「じゃあ、何をすればいいんですか」

窓の外を見ていた宇佐美はネクタイを緩めてから、振り返った。

「バーベキュー大会だ」

「は？」

「バーベキュー大会をお前が企画しろ。一度にいろんなやつとコミュニケーションがとれるチャンスだろう。つまり香水と同じように顧客とのコンタクトポイントをつくれる。しかもバーベキューは、女が野菜を切り、男が火を使って肉を焼くだろう。男と女が役割を分担するから、それが夫婦の疑似体験になって恋愛に発展しやすい」

麻衣子はピンときた。きっと、この人は友達がいないんだ。その性格じゃ無理もない。それに出版社からこの業界に来たから、右も左もわからなくて、やることがないのだ。かわいそうに――。だからといって、週末を宇佐美なんかで使いたくない。

「すみませんが、やめておきます」

「お前、婚活パーティーで勝負に負けたのを覚えてないのか」

「覚えてますけど、週末まで拘束される約束をした覚えはありません。それに来週末は予定が入ってるんです」麻衣子は手帳を開いて、わざとらしく言った。

「何するんだ」

「昼は友達の赤ちゃん見に行って、夜は赤ちゃんを旦那に預けて女の子だけで飲みにいくんです」

「再来週は？」

「午前中にホットヨガ行ったあとに、午後は女友達と会って旅行の予定立ててるんです」

「その次の週は？」

「まつげのエクステのあとに、脱毛ですよ」

「お前は毛をつけたり抜いたりしてるだけだな」宇佐美が声を荒げる。「だから結婚できないんだ。もっと男と過ごす時間を増やせ」

そんなこと言ったって、肝心の相手がいないから困ってるんでしょう。

「そんなの、どうやって増やすんですか？」

「バーベキュー大会だ」

自分が行きたいだけじゃないか。

「だから、来週は友達に赤ちゃんが生まれたからお祝いに行くんですよ」

「お前に人の幸せを祝ってる余裕があるか！」宇佐美がまた声を荒げた。「お前が最優先で解決しなければいけない課題は結婚だろう。それなのにお前は、その課題に対して時間を使ってない。お前がやってるのはな、浪人生が勉強しないで他人の大学合格を祝ってるのと一緒だぞ」

宇佐美が立ち上がり、片手で資料を持って海外のプレゼンのように歩きだした。

「いいか、よく覚えておけ、毎週同じような代わり映えのしない週末を過ごしているから、ただ時間が過ぎていくんだよ。幸せを掴むなら変化を取り入れろ。ミウッチャ・プラダだってな、高級バッグと言えば革のハンドバッグだった時代に、同じことをやっていたらブランドがだめになると思って、周囲の反対を押し切ってパラシュートに使われている工業用のナイロン素材でバッグをつくって、ブランドの低迷から立ち直らせたんだ。同じことをずっとやってるのは逆にリスクなんだよ」

ああ、絶対いやだ。こんな人と出かけるなんて。

絶対行きませんから。と答えようとしたところで「え、バーベキューやるの？」と加奈が近くに寄ってきた。

「いいじゃん。やろやろ。人を集めたりするのわたしも手伝うから」

「どうして、あんたが入ってくるのよ」

「だって、最近みんなで出かけてないでしょう。組織変更あってから知らない人も増えたし」

「あんた、そんな暇あるの？　もうすぐ披露宴でしょう」

加奈はそれには答えず、勝手に話を進める。「ねぇ、涼君も行きたいよね。バーベキュー」

「いやがるでしょう。休みの日に会社の集まりに参加するのは」

「いいっすよ。別に。来週の日曜は練習ないし」近くでパソコンの設置をしていた涼が答えた。

「じゃあ決まりだな」宇佐美が言うと、加奈は「ねえ、どこ行くどこ行く」とはしゃいだ声を出し、ネットで調べだした。

04

バーベキューの参加者を募ると、予想に反してたくさんの人が来ることになった。どうやら最近、外部から出向してきた社員も多くいたので、こういうイベントをやって交流を深めたかったらしい。

バーベキューをしたあとは、加奈の提案で宇佐美と涼と四人でかけ流しの温泉に寄ることに決まった。

智美も誘ったが、好きなアイドルのライブに行くという理由で来なかった。好きなアイドルと言っても女の子のグループだ。応援している子がグループを脱退するらしい。

当日は、雲一つない快晴だった。紫外線対策でつばの広いストローハットとフレームが顔からはみ出るサングラスで顔を隠した。

　待ち合わせの時間から、もう二十分が経とうとしている。車で迎えに行くと言っていた宇佐美がまだ来ない。

　だいたい、どうしてこんな幹線道路で待ち合わせするんだ。黒い排気ガスを撒き散らすトラックが何台も通りすぎる。

　しばらくして、カーキ色のジープのような車が爆音を立てて近づいてきた。車線からはみ出そうなほど幅があり、タイヤが無駄にでかい。米軍の車だろうか。

　その車が突然、目の前で急ブレーキをかけた。

　ドアが開き、レースアップの黒いブーツにカーゴパンツをインした男が車から降りてきた。めくれ上がった前髪を手ぐしで整え、ティアドロップのサングラスをはずす。

「お待たせ」

　宇佐美だった。「日本の道は狭くて困る」とつぶやく。

　どうリアクションしていいかわからなかった。なぜか「あ、こんにちは」とよそよそしい挨拶が口から出た。車高が高いので、先に乗った涼に引っ張り上げられ、後部座席に座った。助手席には加奈が座る。

　車の中はとにかく広かった。後部座席だけで五人くらい座れそうだ。

「どうしたんですか？　この車」

「この車はな、GMがアメリカ軍に納入していたハンヴィーという車種を商用化したものだ。地雷を踏んでも横転しないようにできてるから、ソマリアの内戦でも活躍した」

どうしてこの車を選んだのかということを聞きたかったのに、宇佐美は車のうんちくを話し始めた。つい、この人は大丈夫なのかという目をバックミラーに向けてしまう。

すると、「時計が気になるか」何も言ってないのに宇佐美が続ける。「これはブレゲがフランス軍からの依頼で作った戦闘機のパイロット向けモデルだ。ちなみにブレゲはマリーアントワネットやルイ十六世にも寵愛を受けていて、時計の歴史を百年進めたと言われた天才時計職人だ」

宇佐美はその時計を見て「あと五分でハイウェイか……」とつぶやいたあと、『俺のバーベキューは本物志向なんだよ』と付け加える。

わたしたちがこれから行くのは、ソマリアでもフランスでもなく、伊豆ですよ。そう言いたかったが、宇佐美があまりにも気持ちよさそうに自慢話を続けているのでやめておいた。

そして、宇佐美の運転は下手だった。車線変更のたびに「おい右大丈夫か」としつこく聞いてくるし、ウインカーを出すタイミングがだいぶ早い。車線を変更したあとは、うしろの車には必要以上に「ありがとう」のハザードを焚く。日本の国道を米軍車が怯えて走っている。

しばらくして、いつも渋滞していることで有名な交差点が近づいてきた。

「あ、部長。このまま行くと渋滞にはまるから、ここ曲がって抜け道使ったほうが早いですよ。道も広いですし」

「はい、減点一。男の運転にケチをつける」

宇佐美が小学生みたいに嫌味な言い方をした。

「そんなことより、もっとスピード出してくださいよ。せっかくいい車に乗ってるんだから」イラッとしたので言い返した。

「法定速度どおりだ。俺とお前じゃ社会的地位が天と地ほど違うんだ。お前はコンプライアンスも知らないのか」

宇佐美はそう言ったあと、「まあ、俺も昔はやんちゃしたけどな」と数回に分けてブレーキを踏む。教習所で習うポンピングブレーキだ。下手なので体が揺れる。

交差点に停車すると、横断歩道を渡る人から好奇の視線を浴びた。そりゃあそうだ。自分だってこんな車が停まっていたらつい見てしまう。

「あのう。恥ずかしいんでルーフ閉めてもらえませんか」

「オープントップなんだから、開けておいたほうがいいだろ」

「いやですよ。まわりから見られるし、紫外線を浴びるじゃないですか。男心がわかってないとか、いつも偉そうなこと言うわりに、自分は女心が全くわかってないですね」

「うるせえ。お前は黙ってカーナビでも見てろ」

「は？　どうしてわたしがカーナビ見てなきゃいけないんですか」怒りのボルテージが上がる。

「まあまあ、ふたりとも、これでも食べて」

助手席の加奈が、紙袋から小さなサンドイッチを出した。

「うまそうすっね」涼が手をつける。

「ほら、部長も」

加奈が差し出したサンドイッチを宇佐美が口に入れると「なかなかだ。一口サイズなのも運転にはちょうどいい」と、バックミラーごしに、「これが結婚できるやつとできないやつの違いだな」と嫌味を言う。

信号が青に変わると、また急発進した。どうしてゆっくりアクセルが踏めないんだ。そのせいで、サンドイッチの具が靴に落ちた。ひとこと言ってやらないと気がすまない。

「もっとゆっくりアクセル踏んでくださいよ。ジミーチュウのスニーカーにサンドイッチが落ちたじゃないですか」

「はい減点二。結婚できない女の特徴、やたらと高い靴を履く」

「買ったばっかなんですよ、このジミーチュウ。あーあ、ジミーチュウなのに」

「チューチューうるせぇんだよ！」

腹立つな、もう。このスタッズ付きのスニーカーで宇佐美を蹴ってやりたい。

「涼君、こういう大人になっちゃだめだよ。自分が悪いのに女子を怒鳴りつけるような大人だからね」

「お前はもう女子じゃねえだろ」と宇佐美。

涼は笑っている。「俺は尊敬してますよ。部長のこと。麻衣子さん知らないかもしれないですけど、やさしいんですよ。部長」

は？　どうして涼が宇佐美の肩を持つのか。

「やめなよ。こんな人を尊敬するの。騙されてるって」

バックミラーごしに宇佐美がニヤっと笑うのが見えた。


バーベキュー場に着くと、すでに何組かは到着していた。宇佐美はなぜか着ていたシャツを脱いで半裸になった。肌は焼けていて、クロスのロングネックレスと割れた腹筋を見せる。腕の筋肉を見せつけるように荷台からクーラーボックスや折り畳み式のテーブルをおろしたあと、リンゴを皮ごとかじりながら、無駄に長いサバイバルナイフで肉を切り分けはじめた。

ここはファミリー向けのバーベキュー場だ。そんなにかっこつけてどうするんだ。

そんな宇佐美がよく見えたのか、近くにいた小学生くらいの男の子が興味深々に近づいてきた。

すぐに親が来て、目を合わせちゃだめと言わんばかりに連れ帰った。

麻衣子はうしろで髪を束ねてから、日焼け止めを塗り直し、つばの広いハットを深くかぶった。

日焼けだけは絶対避けたい。

「麻衣子さん。幹事お疲れ様です」

水場で野菜を切り始めると、隣の部署の女の子たちが来た。

ピンクのパーカーにストレッチパンツ。いつもと違ってカジュアルダウンした服装だった。彼女たちが来てくれたから、空気が華やいでいる。男の人たちもどこか楽しそうだ。

「今日は来てくれてありがとうね」

「ちょっと醤油を貸りてもいいですか」ケーブル編みのニット帽をかぶった女の子が言った。

「ああ、そこにあるから持ってって」麻衣子は野菜を切りながら答えた。

「ねぇ、麻衣子さん」

肩を突かれた。

「あの子誰ですか」遠くでコンロを組み立てている涼を見て言う。「イケメンじゃないですか」

「ああ、うちのチームの涼君」

「えー、何年入社ですか。わたしの同期にはあんなかっこいい人いないんですけどぉ」

「紹介してくださいよぉ」

もう一人が髪を触りながら語尾を伸ばした。

「涼はね、派遣なの。うちで働きながらバスケのプロ目指してる」

「え、そうなんですか……」

声のトーンが急に下がった。

「そういうのだったら、いいや」苦笑いを浮かべる。

「どうして。かっこいいじゃない」

「プロのスポーツ選手なんて不安定じゃないですか。いくらイケメンでも、さすがにちょっとねぇ……」もう一人に同意を求めた。ニット帽の子も「うん……、野球とかだったらわかるけど、バスケは……」とばつの悪い顔をする。

涼は二年契約の派遣社員だ。来年の経営状況では、次の契約を更新しない可能性だってある。若い派遣社員を切るなんてよくあることだ。

少なからず自分も涼の運命を握っているのだ。山蓉商事の案件は涼のためにもなんとか受注したい。

そのとき、顔を上げてドキッとした。涼が隣にいた。きっと、いまの会話は聞こえていた。

麻衣子がなんて声をかけたらいいか考えていると、涼が女の子たちに「これ、かわいくない？」と猫の形をしたトングを見せて気さくに話しかけた。

「えー、何それ」と女の子たちも応じる。

「あれ、こんなところにかわいこちゃんがいるぞ」トングの猫がしゃべってるように涼がちょっかいを出す。

麻衣子には、涼がわざと軽薄な行動をとっているように見えた。

「お肉たくさん食べて一流の選手になりなさいよ」

女の子が行ったあと、麻衣子は涼を元気づけてあげたくなってそう言った。

「任せといてください。次のテストで俺もとうとうプロですから」涼が屈託なく笑う。「そうだ、今度よかったら練習見にきてくださいよ」

「え、練習？」

「はい、新宿からすぐ近くの体育館でやってるんで。麻衣子さんにかっこいいところ見せたいから」

この子はわたしにバスケしているところを見せてどうしたいのか？　何を考えているかやっぱりわからない。

「あのう」そこにさっきの女の子たちが戻ってきた。「火着けられないんですけど……」と、涼に上目遣いをして、マッチと新聞紙を突き出し、唇を尖らせる。

手のひらを返したように、涼に甘えてきた。せっかく遊びにきたのだ。かっこよくて、楽しい男の子と過ごしたいのだろう。

「行ってあげな。わたしは一人で着けられるから」

涼が少し困った顔をしていたので、言ってあげた。

女の子たちに引っ張られるように涼が行ってしまう。向こうから「きゃー。すごい。火が着いたー」とはしゃいだ声が聞こえてきた。

麻衣子は一人でコンロに炭を並べた。その真ん中に火をつけた新聞紙を入れ、コンロの外側からうちわであおいだ。すぐに赤い炎が揺れ始める。

「お前は結婚の才能が全くないな」

目の前には半裸の宇佐美が立っていた。皿には肉が山のように盛ってある。

「服着ないと風邪ひきますよ。まだ四月ですよ」

「俺が風邪なんてひくわけないだろう」宇佐美は女の子のグループをあごで指す。「バーベキューで火を着ける女はモテないんだ。お前もあれをやれよ」

「それって、上目遣いでできなーいとか言って、男の人の手を借りることですよね？　いやですよ。あんな天然のふりするなんて」

「ふん」宇佐美は鼻で笑う。「お前は天然の本質が見えてないな」

「なんですか？　天然の本質って」

「男はな、天然が好きなんじゃなく、頼られるのが好きなんだ。女のために何かしてあげることが快感なんだよ。だったら男に任せてやればいいだろう」

切った肉を網に並べながら、宇佐美は続けた。

「ココ・シャネルはな、戦争でフランスが占領されたとき、敵国のドイツの将校にかくまってもらったし、それが原因で戦後に罪に問われたときは、イギリス首相のチャーチルが口をきいてくれて罪を免れたんだ。本当にできる女っていうのはな、男から力をうまく引き出せる女なんだよ。それなのにお前のわけのわからないプライドが邪魔してそれをさせない。お前はベタなことに抵抗を持つな」

「ベタなことってなんですか……」麻衣子はコンロの中にトングを刺し、火が広がるように炭を崩しながら言った。

「料理はしょうが焼き、メイクはナチュラル、派手なアクセサリーはつけない。下品な笑い方をしない。酒をがぶがぶ飲まない。男は単純なんだよ」

宇佐美はまだ火の通ってない肉を裏返した。

「マーク・ジェイコブスもな、ルイ・ヴィトンのデザイナーに就任した直後、今までのイメージを変革しようとして、ブランドの代名詞であるLとVのロゴを、あえて目に見えるところに使わなかった。そのせいで数年は思ったような評価が得られなかったんだ。でもな、顧客がルイ・ヴィトンに求めてるものがわかったあとは、モノグラムを見える位置に使って、顧客に愛されるようになって高い評価を得たんだ。相手に喜んでもらうことがサービスの原則なんだよ。それを怠るな」

宇佐美は白い歯で赤い肉を引きちぎった。

「まだ、焼けてませんよ、その肉」

「この肉は油の融点が低いんだよ。これくらいで食うのがうまいんだ」


バーベキューが終わったあと、予定どおり温泉に寄り、加奈と海まで景色の抜ける露天風呂につかった。

「なんなんだろうね。あの部長」

麻衣子がなにげなく口にすると、頬をほんのりピンクに染めた加奈が「わたしさ、部長のことといいと思ってるんだ」とつぶやいた。

「えっ、なんで加奈まで部長の肩を持つのよ」

「麻衣子の記事読んでさ、すごくいいと思ったの。とくに、みんな結婚に苦しんでる、っていうところ。あのコラムって社会的意義があると思う。さすが元ｒｉｚの編集長だと思った」

「何よ、社会的意義って？」

「麻衣子みたいに、男に頼る必要のない女ってこれからどんどん増えていくじゃない。でも世間は結婚して子供を産むことこそが幸せって誰もが信じてる。だから、この企画で麻衣子が何かを掴めばさ、次の世代の指針になると思う。あのコラムを読んで救われる人が絶対いるよ。そうよ、麻衣子。絶対そう」加奈が勝手に盛り上がる。

「ちょっと待ってよ。体を張ってるのはわたしよ。こっちの身にもなってよ」と言いながらも、麻衣子も少しやる意義のようなものを感じていた。

というのも、婚活パーティーで感じたことを第一回目の記事にして「結婚しないとダメですか?」と、少し煽るタイトルでアップしたところ、予想に反してアクセスが多く、コメントがたくさんつき、拡散された。

もちろん「やっぱり結婚はしたい」とか「いろいろあるけど結婚してよかった」という、結婚肯定派の書きこみが多かったが、自分のような未婚の三十過ぎの女は、生活が出来上がってしまっていて、結婚する意味が見いだせないという意見に共感してくれる人も少なからずいた。

既婚者の中にも、旦那の愚痴や、家同士の問題を書きこむ人がいて、苦しんでいるようだった。働くママたちは、毎日が大変で独身でいればよかったと後悔する人もいた。三人に一人が離婚しているというのもわかる気がした。

きっと、結婚という制度の何かが間違っていて、それを考え直す時期にきているのだろう。自分たちはそんな時代の狭間に生きている。

「あーあ。でも今日は、楽しかった」加奈が空に向かって腕を伸ばす。

「どうかした？」

「え？」

「なんかいつもと違うからさ……」

加奈が目を伏せる。

「何よ、どうしたのよ」

麻衣子は湯の中を移動して加奈のそばに行った。

「実はさ……、わたし不妊治療を始めたんだ……」

加奈は手で湯をすくい、肩にかけた。華奢な背中に水滴が流れる。

「なかなか子供できないから、病院行こうってことになったんだけど、なんか旦那と相性が悪いらしくて体外受精を勧められたんだ」

「体外受精？」

「そう。卵巣から卵を取り出して、顕微鏡で精子を注射して戻すの。よくテレビでやってるでしょう。あれって、一回五十万近くかかる。保険が利かないからさ」

「そういうのって補助する制度があるんじゃないの？」

「一応ある。でもね、うちの地区は夫婦の合計収入が七百三十万以下しか受けられないの。東京で共働きしてたら、さすがにもう少しもらえるじゃない。だから助成金は受けられない」

「何よ、それ……」

この国の政治家はいったい何を考えているんだ。一生懸命働いてこんなことになってるのに。だいたい子供がいなくなったらこの国は終わりだろう。

「しかも、内診台で足開いてお腹ごそごそされるのつらいんだ」加奈が大きくため息をつく。「若いときは人生にこんなにつらいことが待ってるなんて思ってなかった。それに比べたら男なんて楽なもんだよ。個室でエッチなビデオ観て、自分で出すだけでいいんだからさ」

「それは不公平」

そのとき、竹の柵の向こうから「やめてくださいよ、部長」と涼の声が聞こえた。

「何やってるんですか。こんなところで、そんな格好しないでください」

水をはじく音と一緒に二人のはしゃぐ声が響く。

「見ろ涼。俺の鍛え上げたこの筋肉を。これが人の上に立つ男の肉体だ」

「だからって、目の前に立つのはやめてくださいって」

思わず加奈と顔を見合わせた。

「いいね。男は」

加奈と温泉からあがり、化粧を直していたら待ち合わせの時間をだいぶ過ぎてしまった。「その歳になると化粧が長いな」そんな嫌味を言われる心づもりをして待合室に戻ったが、宇佐美はソファーにもたれ、ぐったりしていた。今度はなんだ。

「どうしたんですか?」

「部長、お腹が痛いらしいんです」涼が代わりに答える。

「寒いのに裸で生肉なんて食べるからですよ」

はしゃぎまくって、火の通ってない肉を食べて腹を壊すなんて、まるで子供だ。

顔色の悪い宇佐美は、「広瀬、運転代わってくれ」と苦しそうにキーを差し出した。

まったく――。男は女を喜ばせたいんじゃないのか。

加奈はマニュアルの免許を持ってなく、涼はお酒を飲んでいたので、しかたなく自分が運転することにした。

「よかったですね、運転のできる女で」

皮肉を返しながら宇佐美から鍵を受け取り、運転席に乗ってシートを調節した。ヒールのない靴を履いてきてよかった。

鍵を回すと、轟音が体に響いた。

この軍用車は運転席からの見晴しがよく、前を走る車はみなよけてくれて、優越感がある。交差点では、隣に停まった若者から「おねえさん、カッコいいすっね」と声をかけられた。

「おい、広瀬」後部座席の宇佐美が力のない声を出した。

「なんですか？」

「スピード出しすぎだ」

「せっかくいい車なんだから、これくらい出したほうがいいですよ。寝ててください」

やっぱりルーフは開けといたほうがいいと思った。高速道路は風を感じて気持ちいい。遊園地のアトラクションに乗っているような気分だ。勝手に笑顔になる。

「おい、広瀬」

「今度はなんですか？」

「……次のサービスエリア寄ってくれ」

バックミラーを覗くと、げっそりした宇佐美が腹を押さえて震えていた。

＊

温泉で疲れをとるはずだったのに、運転したせいか、ものすごく疲れた。それに、ずっと外にいたせいで少し焼けてしまった。

ただ、幹事をしたおかげで、社内に知り合いがたくさんできて、どんな人か知ることができた。たまには東京を離れて自然に身を置くのもいいと思った。

そして次の日の午後、山蓉商事の担当者から電話があった。

「御社でやってる婚活の記事、すごい人気みたいですね。うちの女性社員の間でも、すごい話題になってますよ。それが秘書経由で幹部たちに伝わって、もっと注目を浴びてうちの商品を広めて欲しいってことになりました」

どうやら、婚活のコラムを面白がってくれているらしい。

「あれって広瀬さんがやってるんですよね。くれぐれも炎上とかそういうことだけは気をつけて、今回のプロジェクトをお願いできますか」

宇佐美の言ったとおりになっているのは癪だが、これで山蓉商事に食いこむことができた。会社にとってもわたしにとっても大きなチャンスだ。なんとかやりきって、そのあとのショーも成功させたい。

システムの開発は、大学のときに同じゼミだった滝沢勇太が起こした会社にお願いすることにした。

この業界ではプロジェクトに合わせて外から人員を集めてチームをつくるのが鉄則だ。勇太の会社はいろいろ融通を利かせてくれるから、こういった納期の短いプロジェクトでは何度か仕事を発注していた。

翌日、さっそく勇太を呼びだした。

「麻衣子悪いな。いつも仕事もらって」

打ち合わせが終わったあと、勇太はバッグに書類をしまいながら言った。

「見積もり高かったわよ。あんた相当もらってるんでしょ」

麻衣子が脇腹をつつくと、勇太は苦笑いを浮かべた。

「勘弁してくれよ。お前んとこと違って、うちはカツカツなんだから」

「そんなこと言って、お姉ちゃんのいる店で飲み歩いてるんじゃないの」

「バカ言え」

勇太は電機メーカーの営業に就職したが、すぐに退職し、デジタルコンテンツの制作会社を立ち上げた。そんな会社の多くはＩＴバブルが弾けて淘汰されたが、勇太の会社は残った。荒波を乗り越えてきたせいか、学生のころにはなかった大人の風格が、勇太の顔には滲み出ていた。

「じゃあ、今週中におおまかなスケジュールを出して、担当のデザイナーとプログラマーを紹介するから」

勇太が腕時計を見たとき、青いシャツの裾から、きれいに焼けた肌が見えた。シルバーのバックルが映える。

いいな男は、と麻衣子は思った。事業に成功すれば金が稼げて女が寄ってくる。でも女の場合はそうはいかない。仕事ができて稼いだからといって、男が寄ってくることはない。むしろ避けられる。

「そうだ、麻衣子。松下のやつ、結婚して子供できたの知ってる?」

「え、あの、松下君が」

「そうそう。あいつ麻衣子のこと好きだったんだよ」

「麻衣子はどんな学生だったんですか」

打ち合わせに同席していた加奈が会話に入ってきた。

「スノボサークルの代表やってました。初の女代表」

「へー、そうなんだ」

「喧嘩になると酒飲ませてました。ほら麻衣子って普段は男ですけど、酔うと女になるじゃないですか」

「それは今と一緒だ」加奈はよそいきの笑顔になる。しかも、なぜか見送りについてきた。おいおい、もうすぐ披露宴を控えた女が何をやってんだ。麻衣子は心の中でつっこみを入れた。

「今回のプロジェクトが終わったら、打ち上げしましょう。泥酔した麻衣子の世話もうちの会社で承るんで」

「そんな危険なことまでやってくれるんですか」

「任せてください。慣れてますから」

エントランスに着き「それじゃあ」と笑顔の勇太が手を上げた。

左手の薬指には光るものが見えた。結婚指輪だ。

勇太とは大学を卒業したあと、付き合っていたことがある。付き合い始めて半年くらい経ったころ、起業するから結婚して支えてくれないかと、プロポーズをされた。そのときは、仕事もプライベートも楽しくなってきた時期で、まだ早いだろうと思って別れを選んだ。そのあとすぐ勇太は別の人と結婚したが、自分はあれから十年経ったいまも独身だ。

麻衣子は小さくなっていく勇太の背中を眺めながら、昔を思い出した。

「あのくらいのスペックの男が残ってるわけないじゃない」

何を勘違いしたのか、加奈が言った。すると智美も近くに寄ってきた。

「たしかに今の人はイケメンでした」こもった声で言う。

「わたしたちと同い年だったら、三十五でしょう。その歳の男で仕事ちゃんとやってて、あれだけのルックスで結婚してないなんて、ゲイしかいないと思う」加奈が冷めた口調で言う。さっきまでの笑顔はなくなっていた。

「そんな夢のないこと言わないでよ」

「でも、それが現実。女はあざといからね。あのスペックを見逃すわけがない。独身だったら絶対ゲイだって」

「じゃあ部長は？　独身だしスペック的にはいいほうなんじゃない。わたしは好きじゃないけど」

麻衣子が軽く言うと、智美が「そのことなんですけど、ちょっといいですか」と気まずそうに声をあげた。

「どうしたのよ」

「部長は、そっち系の可能性が高いと思われます」

「は？　そっち系って部長がゲイってこと」

「しーっ。本人に聞かれます。ボリュームを下げてください」智美に袖を引っ張られた。三人でパーテーションの裏に隠れる。

「やめてよ。何？」

「あのタイプはわたしがよく読むボーイズラブのコミックでは定番のキャラですし、この前は上腕三頭筋を涼君に触らせて、サウナに行こうってしつこく誘っていました」

「わたしも、そう思う」加奈も声を潜めた。「だって、おかしいじゃない。あんなにお金もあって、背も高いし、顔も悪くない。それに、あんなにファッションに気を使ってるなんて、絶対ゲイだよ」

麻衣子は奥に座る宇佐美の顔を覗いた。そう言われてみれば、そんなふうに見えてきた。今日はぴちぴちのＴシャツ着てるし。この前、温泉に行ったときも、やけに涼とはしゃいでいた。あきらかに加奈や麻衣子に対する態度とは違った。ファッション誌の編集長って変わった人が多いって聞くし。女が嫌いとも言っていた──。ない話じゃない。

つい、半裸の宇佐美が、うしろから涼を抱きしめる姿を想像してしまう。すぐに首を振った。

「とりあえず、この話は内緒にしておこう」麻衣子は言った。「本人が気にしてるかもしれないからさ」

「うん」二人が同時にうなずく。

そのとき、宇佐美が席から立ち上がった。「おい、広瀬」とこっちに向かってくる。二人はそそくさとその場を離れた。

宇佐美はピタピタのパンツをはいていて股間のでっぱりが気になる。加奈と智美の言うとおりだとしたらと思うと、なんだかまともに顔を見れない。

「お前、俺が言ったとおりにやってるんだろうな」

「え、なんでしたっけ」声が上ずった。

「ベタなことをやれって言っただろう」

「でも、ベタなことをやろうにも、使う相手がいないんですよね……」

「お前はな、順番が逆なんだよ」

「どういう意味ですか」麻衣子は目を合わせずに聞いた。

「三十過ぎるとな、恋愛したときに出る脳内物質の量が減るんだ。つまり、肉体的に惚れづらくなるんだよ。だから、好きとか嫌いとか判断する前に、男と過ごす時間を増やせ。そうやって恋愛感情を湧くように自分で自分を仕向けていくんだよ」

宇佐美はそう言ってデスクのうしろにあるハンガーにジャケットをかける。シャツのボタンは三つも開いていて、香水の甘い香りが漂ってきた。絶対女ものだ。

「つまりな、好きな男ができたらデートするんじゃねぇ、デートをするから人を好きになるんだ。有名な心理学者も、人は悲しいから泣くんじゃなくて、泣くから悲しいって言ってんだ。行動を起こせば気持ちも変わるんだ」

胸筋を触って確かめたあと、丁寧にカットされた髭を撫でた。

「次のコラムのテーマは『ベタの壁を乗り越える』だ。男と過ごす時間を増やしてベタなことやってりゃ、恋愛なんてだいたいうまくいくからな」

そのあと、時計を見て「もう十二時か」とつぶやき、「涼、メシ行くか。うまい熟成肉の店を見つけたんだ」と肩を抱いて涼をランチに誘った。

智美たちの言うとおり、やっぱり宇佐美はゲイで涼のことを狙っているのだろうか――。

そわそわしてしまい、なかなか仕事が手につかなかった。

その日の夜、麻衣子は涼の練習を見に行くことにした。

男と接する時間をつくれと言われても、改めて自分のまわりを見渡すと既婚者かアイドル好きのオタクしかいなかった。あんなに面倒な思いをしてバーベキューの幹事をやったのに、参加した社員から次はスノボツアーの企画をお願いしますとメールが来ただけだ。

それに、合コンって歳でもないし。友達にいまさら、誰かいない？　と聞くのも気がひける。自分で探そうにも、女友達は、「男いらなくない？」「女だけでいいじゃん」と返される。

だから、思いつくのは涼しかいなかった。もちろん恋愛感情があるわけではなく、仕事とバスケを掛け持ちしている涼のことが気になっていたからだ。

涼が練習しているという体育館は、新宿から少し離れたところにあった。ドアの隙間から中を覗く。

うわっ。いきなり、壁にボールがぶつかる音がして、びくっとした。

体の大きな選手たちが「ディフェンス」「おい、抜かれるな」と声を出しながら、ボールを追いかけ、ぶつかり合っている。奥には監督らしき人もいて、しっかりしたチームのように見えた。プロを目指しているだけあってみな上手だった。だけど涼が一番目立っていた。

仕事が終わってからこんなことしてるのか。

そういえば高校生のころ、体育館からバスケ部の好きな先輩を見てキャーキャー声をあげていた。あのころ、その先輩と目が合っただけで恋ができた。妄想の中では恋愛ドラマのヒロインだった。きっと、もうあんな気持ちにはなれないのだろう。

そんなことを考えながら涼に見入っていると、練習が終わり、一人の女の子が目の前にやってきた。

「何か用ですか」

涼と同い年くらいで目がキリっとした女の子だった。ジャージ姿でストップウォッチを首にかけている。おそらくマネージャーの子なのだろう。改めて見ると体育館にいる子はみな若かった。

ジャケットを着ている自分が場違いのような気がした。

「あ、ちょっと川口涼くんに用事がありまして……」

麻衣子がその子に言った。その子は麻衣子を上から下まで見て、少し考えたあと振り返って声をあげた。

「涼さん、女の人がきてますよ」

次の瞬間「うぇーい」と、男たちが盛り上がり、涼が小突かれている。

そうだ。体育会系はこういうノリだったのを忘れてた。でも麻衣子は内心ほっとしていた。お母さんとかおばさんとか言われなかったからだ。

涼は「えっ」という顔で向かってきて「ほんとに来てくれたんですか？」と笑顔になった。

「あ、うん。差し入れ買ってきた」と伝えると、「あっちにいい感じの場所があるんで、もうちょっと待っててもらえますか」と言って戻っていった。

体育館の外は、芝生が広がる大きな公園だった。小さな川も流れている。

しばらくしてバックパックを背負った涼がやってきた。石畳の道を二人で歩く。

こんな年下の男の子と二人きりになり、バスケの練習帰りに公園を歩くなんて、高校生のような気分になる。会社を離れると緊張して何を話していいかもわからない。

新緑のにおいと若い男の汗の混じったにおいがしてきた。しばらく嗅いでなかったにおいに心がざわついてしまう。

いやいや、それじゃあ変態のおじさんでしょう。麻衣子は気づかれないように深呼吸をして心を落ち着かせた。

道を歩いていると、向こうに丘があり、ベンチがあった。ただ、目の前には少し高いブロックの段差があった。

そこをまたごうとした瞬間、ヒールが地面に刺さった。

地面がぬかるんでいたのだ。靴に泥がつく。

「あ、すいません。ここ、靴がよごれちゃうから麻衣子さん持ち上げますよ」

大丈夫、自分でできるから、と言おうとしたが、ベタなことをしろという宇佐美の教えを思い出し、つい「え、あ、うん……」と戸惑うふりをしてしまった。

涼が先に行き、少し高くなったところから、手を差し出す。

麻衣子は手を掴み、塀に足をかける。少し引っ張られたところで、バランスを崩した。

「あっ」次の瞬間、目の前にあったのは涼の顔だった。抱きかかえてくれたのだ。体が密着し体温が伝わってくる。

一気に鼓動が速まった。これが、智美がよく言う「キュン死」ってやつか。三十五歳の心臓には負担が大きい。心臓発作で本当に死んでしまいそうだ。

「靴大丈夫ですか」涼は軽々と抱え、少し高くなっている遊歩道にのせてくれた。

そして少し先にあったのは、藤棚の下にある特徴のないベンチだった。なぜここにつれてきたのかちょっとわからない。

ベンチに座り、東京の夜空に浮かぶ控えめな星たちを見ながら、二人で黙々とおにぎりを食べた。

見渡す限り芝生しかないこの公園はとにかく静かで、黙っていると時間が止まったように感じる。

なによ、この甘酸っぱい感じ。自分の中にこんな気持ちが残っているなんて思ってもみなかった。

しばらくして、涼がぼそりと言う。

「俺、次の入団テストがだめだったらバスケは引退しようと思ってるんです」

「引退？」

「はい。バスケってプロリーグがあって、年に一回、トライアウトがあるんですよ。それに受かるとプロになれるんです。バスケは好きだし他に取り柄もないから、本当はどんな状況でも続けたいんですけど、いつまでも夢を追ってるわけにもいかないし、どっかで区切りをつけなきゃと思って」

「そう……」

涼は夢を追っているのか。あんなハードな練習をしながら、会社は休まないし、熱心に働いてくれている。ちゃんとご飯は食べてるのか。睡眠時間はとれているのか。少し汚れたスニーカーを見て、そんなことが心配になってくる。

「でも、自分の好きなこととして夢を追えているのってうらやましい」

「麻衣子さんは夢ないんですか」

「え、わたし？　わたしも一応あるけど……」

「なんですか」

「なんか、言うの恥ずかしいな」

「言ってくださいよ。俺も言ったんですから」

「うんとね」麻衣子は目線を公園の先に向けた。「ニューヨークに転勤すること」

「へー、ニューヨークですか」

「そう。大学を卒業したあとに海外に留学したいと思ったの。でも親に猛反対されて、あきらめた。それでしかたなく、卒業前にニューヨークにホームステイしたの。帰るときに、『こんなところに住めていいな』って、なにげなくつぶやいたらホストファミリーに『何を言ってるんだ、麻衣子。夢は自分で切り開くんだ』って言われてね。最近、そのことをよく思い出す。どうして、あのとき本気で動き出さなかったんだろう、って。だから、親会社が変わったのが何かのチャンスのような気がしてさ」

「そうだったんですか」

麻衣子は涼にお茶を渡した。

「まあ、半分はニューヨークに住みたいっていう憧れだから、涼に比べたらだいぶ不純な気持ちだけどね。それに、向こうでどんな仕事ができるかわからないし、会社だからいろいろ規則があって、行けるかわからないけど……」

「でも、麻衣子さんなら行けると思いますよ。バイタリティあるし。俺、組織のことはよくわからないですけど、外国人相手に活躍してる姿が思い浮かぶし」

「ありがとう」同僚にこのことを話すのはためらうが、涼にも夢があるから話すのが恥ずかしくなかった。

「俺もがんばらなきゃな。次のテストで絶対プロにならないと」

涼が腕を夜空に伸ばした。

「わたし、涼君のこと応援する」

環境って怖い。こんな若い子と高校生みたいなことをしたら、気持ちが若返ってしまい歯の浮くような言葉が出てしまった。男と接するから恋愛に発展する、宇佐美の言っていたことの意味が少しわかった気がする。

ふと、涼のほうに目をやると、口元にご飯粒がついていた。それに気づかず、涼は黙々とおにぎりを食べている。

これってもしかして、ご飯粒をとって口に運ぶシチュエーションじゃないの。

デパ地下のおにぎり専門店で三百円もしたおにぎりだ。涼の口元でコシヒカリが、妙に輝いている。

ベタの壁を乗り越えろ。宇佐美の言葉が過る――。

「涼君、こっち向いて」

涼がきょとんとした顔でこっちを向く。

「ご飯粒ついてる」

涼の口元に手を伸ばし、それをとって自分の口に運んだ。

「涼君は子供なんだから、もう」さりげなく涼の肩に頭をのせてぐりぐりする。

なんてできねー。そこまでシミュレーションしてみたが、手が出なかった。想像しただけで汗まみれになった。


でかいた。

「生活はどう？　バイトもしてたら大変でしょう」心を落ち着かせるために、別の話を振った。

「大丈夫ですよ。会社のみんながよくしてくれるんで助かってますよ。あ、そういえばこのTシャツは部長にもらったんです」

「え、部長に？」

「はい。いらなくなった服をよくくれるんですよ。部長ってオシャレじゃないですか。着なくなる服がたくさんあるから、今度、家に見に来いって言ってました」

「そうなの……」

宇佐美はそんなことまでしてるのか。もしかしたら涼のことが好きだから、プレゼントで涼の気を引いて家に連れこもうとしてたりして――。だとしたら今のうちに涼にも言っといたほうがいいかもしれない。でも、なんて伝えればいいのか。

「どうしたんですか」涼が不思議そうに顔を覗きこんだ。

「あ、ううん。なんでもない」麻衣子は首を振る。「でも、どうして次で引退するの。さっき練習見たら、涼君、バスケすごく上手だった」

「妹がもうすぐ大学受験だし、俺ばっかり好き勝手やってられないんです」

「え、妹、高校生なの？」

大学受験という言葉で、一瞬で現実に戻される。

「はい。オレ長男なんで一番下は中三っす」

「え、中学生……、ちなみにお母さんは何歳なのかな？」

「たしか、四十六ですかね……」

うっ、そんなに歳が離れてないぞ。もし万が一、涼と結婚して、挨拶に言ったら反対するだろうな。もっと若い子を選びなさいって。

麻衣子は自分の年齢にため息をついた。

「母さんにも苦労かけたから、早く楽させてやらなきゃな」口元にご飯粒をつけた涼がつぶやいた。

やっぱりあり得ないよな。十も下は。わたしがしなきゃいけないのは恋愛じゃない。結婚だ。

＊

翌日、麻衣子は婚活パーティーのスタッフと連絡をとり、あのときに話した、医者の谷口と食事することにした。やはり結婚するのであれば、結婚を考えている相手でないと話は進まない。だから、一度会ってみることにしたのだ。

谷口が誘ってくれたのは、神楽坂にあるかしこまったフレンチだった。スーツ姿の谷口は、あごに手を当ててワインリストを眺めている。

「わたし、ぜんぜん安いワインで大丈夫ですよ」

麻衣子が声をかけると、谷口が「え？」と顔を上げた。

「ほら、わたし一人でワイン三本飲んでもぜんぜん酔わないから。金のかかる女なんで安いやつで大丈夫ですよ」

「ああ、はい……」

えっ、ひいちゃった？　距離を縮めるための冗談のつもりだったが、谷口が黙ってしまう。

そうか、この人はお医者さんでまじめな人だ。もっとかしこまって話さないと。気まずい空気が流れる。

ウェイターが前菜のテリーヌを運んできた。

「このテリーヌ、おいしいですね」

「ええ、ワインにもすごく合います」

さっきの話をなかったことにして、会話を進めた。

「広瀬さんは休みの日に何をされるんですか」

「ヨガですかね。体を動かすのが好きなんで」

「僕はトライアスロンをはじめたんです」

「え、トライアスロンですか？　それって走ったり泳いだりするやつですよね。テレビで見たことあります。すごいですね」

「今度、アイアンマンレースに挑戦しようと思ってるんです。アイアンマンレースっていうのは……」

しだいに、谷口が饒舌になってきた。そうね。ベタな普通の会話をしてればいいのね。それから趣味や家族の話をして時間が過ぎていき、デザートと一緒にコーヒーが運ばれてきた。

「広瀬さん」谷口がかしこまって、体をこちらに向けた。「あそこにいらっしゃったってことは結婚を考えてらっしゃるんですよね」

「ええ、まあ、はい……」麻衣子は持っていたカップをソーサーに戻した。

「そうですか。それはよかった。広瀬さんみたいなきれいな方に出会えるなんて思ってなくて」

「きれいだなんてそんな……」

最近、男に抱かれてないから肌がかさかさで、という冗談が浮かんだが、口を閉じてひっこめた。

谷口はコーヒーを一口飲んでから口を開く。

「そしたらネイルと、もう少しメイクを薄くしてもらえるとうれしいです」

「えっ？」

「ほら、うちの母親がそういうの嫌いなんですよ」

一瞬、そんなことまで指図しないでほしいと思ったが、気持ちを抑えた。これは早く親に紹介したいという結婚の意志だ。自分に言い聞かせる。

「あと、できれば髪型を変えてもらえると、僕としてはうれしいかな」

うっ、髪型までできたか。麻衣子はワイングラスを傾けてひきつった顔を隠した。

「すみません。うちの家は親戚同士でお付き合いがあって、集まったときに、身だしなみにうるさいんですよ」

「そうだったんですね……」

谷口がトイレで席をはずしたとき、加奈にメッセージを送ると、すぐ返信がきた。

《医者よ。医者。結婚したい職業、不動のナンバーワン。そんないい物件、なかなかいないんだから、メイク薄くするくらいどうってことないでしょ。今の若い子に見つかったら、あっという間に持ってかれるよ》

《そうだよね……》

《麻衣子は今、ナンバーワンを捕まえようとしているの。ナンバーワンよ、ナンバーワン》

加奈がなぜか興奮気味のメッセージを立て続けに送ってくる。

たしかに、相手が医者なら、三十五歳での結婚も世間体がいい。いい人を見つけたとまわりが思ってくれそうだ。何より母も喜んでくれる。そんな計算が働いてしまう。

《しかもね、三十五歳の女を好きになる男なんて絶滅危惧種よ。少しは我慢しなさいよ》

それを言われると、何も返す言葉がない。谷口が戻ってくる。

「ちなみに、どんな髪型が好きなんですか？」笑顔で聞くと、谷口の携帯の画面に出てきたのは、三年連続人気ナンバーワンの女子アナの画像だった。童顔に流行りの甘いメイクだ。

一番嫌いなパターンだった。

テーブルの下でこぶしを握って「耐えろ麻衣子。ベタの壁を乗り越えるんだ」と口の中で唱えて感情を押し殺した。

「なんかすいません。僕の要望ばかり伝えて」

「いえいえ」

麻衣子は顔の前で小さく手を振る。

「もちろん僕も広瀬さんに合わせるんで、変えてほしいところあったら言ってください」

「はい……」

変えてほしいところと言われても、何をどう伝えていいかわからない。この人は気軽に冗談を言えない空気がある。

05

加奈の披露宴の日になった。

さて、何を着ていこうか。ウォークインクローゼットの扉を開けて麻衣子は唸った。

披露宴には千春も来る。この前会ったときは千春のハイヒールのほうが新しかった。今日は負けたくない。

麻衣子はベージュのワンピースをハンガーごと取り出し、体に合わせた。切り返しのデザインがちょっと古い気がする。

「これは長く着れますよ」と言われて去年買ったのに、もう着れないじゃないか。と店員に毒づく。

改めてクローゼットの中を見渡すと、あれもこれも古くなった気がする。いったい今までにいくら使ったんだと言いたくなるくらい服があるのに、着て行きたい服がない。

この家を借りるとき、南向きよりも優先したのが、ウォークインクローゼットだった。それなのに、今は物置と化している。

しかたなく、ベーシックなネイビーのドレスを合わせた。だが、姿見の前で髪を持ち上げると、少し地味な気がした。千春に何か言われそうだ。

やっぱりちょっと古いけどベージュのほうにするか。いやだめだ。千春の「ちょっと古いんじゃない」という声が過った。

いっそのこと、このフェミニンなフレアのワンピースにするか。でもこれは若い子たちになんて言われるかわからない。

こうなったらアクセサリーでカバーするしかない。パールのネックレスを重ね付けした。姿見に自分を映したが、少し物足りない気がして、存在感のあるバングルをつけてしまう。

時計が目に入る。まずい、もう美容院に行く時間だ。

クラッチバッグに携帯を詰めこんであわてて部屋を出た。


「あんた大丈夫なの、そんなに締めて」

会場に着き、控え室に入ると、加奈が大きな鏡の前でコルセットの紐を引っ張りあげられ、悲鳴に近い声をあげていた。

「日ごろの不摂生がたたりました」加奈が下唇を出す。

「でも、顔は小さくなったよ」

「拷問のようなエステ受けたからね。針刺したり、電気流したりで大変だったんだから」

泣くつもりで来たのに、加奈が冗談を連発するので、なんだか気が抜けてしまった。

しばらくして、うしろから「加奈、おめでとう」と声がした。

千春だ。

さあ、来たか。今日は何を着てきたんだい、千春ちゃん。ドキドキしながら振り返り、麻衣子は唖然とした。

それは、千春のドレスが派手だったからじゃない。むしろ逆だ。千春らしからぬコンサバだったからだ。

それだけじゃない。メイクも薄いし、髪もバレッタで簡単にまとめただけだ。何より、いつもの圧がない。いつもの光りものがない――。

「なんか、今日地味じゃない。どうしたの千春?」加奈が遠慮なく聞く。

「ちょっとね……」

「何よ。ちょっとって」

千春は黙っている。

「言ってよ。友達じゃない」加奈が立ち上がる。

「実はさ、お見合いしようと思って……」

「は？　結婚すんの」

「すぐにってわけじゃないけど、ちょっと考えてる」

「急にどうしたのよ。千春は結婚なんてしなくていいって言ってたじゃない」

「でも、もう三十五じゃない。仕事は満足しているし、加奈たちと遊びに行くのも楽しい。でも、こんなことずっとやっててていいのかって考えちゃってさ。加奈だって結婚したし、友達も結婚して子育てがんばってる。親も安心させたいしさ……」

千春が自分の服についた糸くずをとりながら続ける。

「仕事でストレスためて、お酒飲んで肌が荒れて、高い美容液買って、それが空になって、もっと高い美容液を補充してたら、わたしの人生なんだろうと考えちゃって……。自分のためだけに生きていくのがつらくなってきたっていうか……」

やめてよ。そういうの――。麻衣子は心の中で叫んでいた。千春は新作のバッグとかこれ見よがしに持っててよ。歳に抗ってずっとバチバチやっててようよ。わけのわからないことを願ってしまう。

「そんなこと言わないでよ。そんなの千春らしくないって」加奈が千春の肩に触れる。

麻衣子もそれに同調して、うんうんとうなずいた。

「食べすぎてもないのに太るし、お腹の肉はぜんぜんとれなくなるしさ」

「それはわたしも一緒」我慢できなくなり麻衣子が言った。「わたしの行ってるホットヨガのスタジオ、今度一緒に行こう」

「でも、白髪も生えてきた……」

「そんなの美容院でなんとかしてくれるじゃない」

「二日酔いが次の日の夕方まで続く」

「沖縄から取り寄せたウコンが効くからさ……」

クライアントの前では言い合っていたのに、今は必死にフォローしてしまう。

「ごめん、加奈。こんなおめでたい日なのに……」

「いいって。今度ゆっくり話聞くからさ。今日は楽しんで」

千春がこっちを見て何か言おうとしたが、目を伏せた。

ごめんね、麻衣子。この未婚スパイラルから、わたし降りるわ。そんなことを言われている気がした。

ライバルを失ったスポーツ選手はこんな気持ちになるのだろうか。焦燥感が襲ってくる。

ロビーに出ると会社の後輩たちのグループを見つけた。話しかけようと、うしろから近づくと、「えー、子供できたの。おめでとう」「三十になる前に結婚できてよかったね」そんな会話をしていて、つい声をかけそびれてしまう。

しかたなくソファーに座ると、子持ちの先輩に「若いうちに子供を産んだほうがいいよ」と声をかけられ、男友達には「俺がいい男紹介しようか」と言われた。

みな、結婚こそが幸せで、結婚していない女は不幸、そんな価値観で話しかけてくる。

自分が若いときも同じだった。二十代のころ、結婚式に出たときは三十歳で結婚してない女がいることに驚いた。自分もそれまでには結婚しているだろうと思っていた。それがいまや三十五だ。

もちろん悪気なく言っているのもわかるし、こういうことを言われることもわかっていた。だけど、この歳になり、親友が結婚した今、さすがに気分が落ちる。

もっと早く結婚しておいたほうがよかったのか。わたしの選んだ道は間違っていたのか。

*

「原稿読んだぞ」

披露宴が始まったところで、同じテーブルの宇佐美がナプキンを広げながら言った。

「そいつとしっくりきてないなら、さっさとあきらめて次の男を見つけろ」

宇佐美は谷口とのことを言っている。食事に行ったが、気持ちがのってこなかった。外見を変えるのも抵抗があった。どうするべきか迷っていることを原稿にしていた。

「でも……、彼はお医者さんで安定してそうだし、やさしいし結婚願望もありますし……」

「お前はそいつに気持ちはあるのか?」

「え?」

「そいつを喜ばせたいって気持ちが、お前の中にあるのか聞いてんだよ」

少し戸惑った。宇佐美がそんなことを言うと思わなかったからだ。それに自分が谷口を喜ばせたいか、そんなことを考えたこともなかった。

「その気持ちがないならすぐにやめろ」

「何言ってるんですか? そんなこと言ってたら、結婚なんてできるわけないじゃないですか。結婚には条件とかいろいろあるんですよ」

「何だ? 条件って」

「その人の収入とか、仕事とかですよ」

宇佐美は鼻から息を漏らす。

「やっぱりお前はマネージャーとして三流だな。だめな経営者の典型例だ」

「どういう意味ですか」

「お前知ってんのか? サルバトーレ・フェラガモが会社を一度潰してから復活した話を」

麻衣子は首を傾げた。

「フェラガモはな、足が痛くならない完璧な靴をつくって履く人を喜ばせたいという気持ちが強すぎて、職人をコントロールできなかったり、不払いにあったり、マネージメントを置き去りにして、一度会社を潰してるんだ」

「はあ……」

「でもな、会社が倒産したあとも、靴で人を喜ばせたいって気持ちは誰にも負けなかった。だから、靴と足にしか興味がなかったフェラガモが、マネージメントを学んで、もう一度やり直して、大企業に成長させたんだ。それからも生涯の全てを靴づくりに捧げて、各国の首相レベルの上流階級がフェラガモに靴をつくってもらいに訪れるようになったし、足に完璧にフィットするフェラガモの靴を履けば、太って歩けなかった人が歩けるようになったっていう逸話まで残したんだよ」

宇佐美は膝に広げたナプキンを直すふりをして、ベルトのバックルを見せた。フェラガモだった。

「人を喜ばせたいという気持ちがなくて、金儲けしたいだけだったら、そこまで到達できなかっただろう。企業の一番の目的は利益を追求することじゃない。客を喜ばせることなんだよ。人を喜ばせて世界をよりよくしようという社会貢献の考えがなくて、金儲けだけしようとする会社は潰れるんだ」

「それが、わたしの話にどう関係するんですか?」

「結婚も同じだからだよ。お前が言った条件っていうのは、相手が自分に何をしてくれるか、ってことだろう。相手を喜ばせたいという気持ちがなくて、自分の利益を優先してたら、結婚したとしても、結婚後に訪れる困難を乗り越えられない」

「そんなこと簡単に言わないでくださいよ。結婚したら子供の教育費とかどうするんですか。親が病気になって介護が必要になったらどうするんですか」

「どんな道を選んだって困難は訪れるんだよ。それを乗り越えるのに、相手に対する気持ちが大切だって話をしてるんだ。そんなこともわからないから、お前はいい歳して結婚できないんだ」

あーっ、もう腹立つ。加奈の披露宴だというのに、どうしてこんな気持ちにならなきゃいけないんだ。

「部長だってその歳まで結婚してないじゃないですか」麻衣子は小声で抗議した。

「俺はな、結婚できないんじゃない。あえて結婚しないんだよ」

「どういうことですか」

「お前、アメリカの有名な司会者の名言知ってるか？　結婚するとき、女房を食べてしまいたいほど可愛いと思った。今考えると、あのとき食べておけばよかったってやつ」

「知りませんよ、そんなの」

「結婚は男に幸せという錯覚を与えて、女が搾取するためのシステムだ。だから俺は結婚しない」

「部長は結婚しないんじゃなくて、できないんでしょう」

麻衣子は強く言って、嫌味を言い返してくる心積もりをした。だけど、宇佐美は「そんなことねえよ……」とだけ言って黙ってしまう。持っていたグラスを置いた。

いったいどうしたんだ。いつもだったら言い返してくるのに急に黙ってしまう。ナイフとフォークも止まってしまう。

――えっ、もしかして、宇佐美は涼が好きで結婚できないから、傷つけてしまったのか。ジェンダーの問題はまわりが思っている以上に深刻なはず。

「そんなことより部長。スピーチ頼みますよ」麻衣子は紛らわすように言った。宇佐美は加奈の上司としてスピーチをするのだ。

「ああ」と小さくつぶやく。やっぱり様子がおかしい。

何か声をかけようと言葉を選んでいると、グラスを持つ宇佐美の手が小刻みに震えてきた。

「部長、どうしたんですか？」

「……緊張してきた」

宇佐美はさらに手を震わせ、グラスの中のオレンジジュースがこぼれそうになる。

「広瀬、酒をつくってくれ」

「はい？」

「できるだけ薄く酒をつくってくれ」

「もしかして、部長ってお酒飲めないんですか？」

「うるせぇ、早くつくれ！」

なんで怒られなきゃいけないんだ。納得いかなかったが、加奈の披露宴のために従うことにした。テーブルクロスの下で半分空いたオレンジジュースのグラスにファジーネーブルを注いだ。

宇佐美はそれをほんの少しだけ口に含むと、急激に顔を赤くした。そんなに酒が弱いのか。

「もっと、薄くつくれ！」

わけのわからない怒り方をする。まったく面倒な人だ。口の中で舌打ちして、オレンジジュースを注ぎ足した。

「続きまして、新婦の上司である、宇佐美博人様からスピーチをいただきます」司会が紹介し、宇佐美が限りなくオレンジジュースに近いファジーネーブルを飲み干し、テーブルに置いた。

「変なこと言わないでくださいよ」

麻衣子が声をかけると、「わかってるよ」と背中で言って、マイクに向かう。

結婚なんて無駄だとか、もう制度が崩壊しているとか、そんなことを言いだすんじゃないかと心配した。

「ただいま、ご紹介に預かりました宇佐美博人と申します」

改めて宇佐美を見ると、背が高いからフォーマルなスーツが似合っていた。さすがに元女性誌の編集長だけあって普通のサラリーマンにはない佇まいがあった。ただ、生地の光沢が強すぎてちょっと目立ちすぎな気もするが。

「みなさま、結婚とは、男の権利を半分にして、義務を二倍にすることです」

あいつやりやがった。麻衣子は心臓が止まりそうになった。

「昔、ショーペンハウアーという哲学者がそんなことを言いましたが、はたして本当にそうでしょうか」宇佐美は少し間をとってから続ける。

「わたしはこの春、別の業種から今の仕事に移ってきたのですが、不慣れなことが多く、最初は戸惑う日々でした。そんなとき率先してフォローしてくれたのが加奈さんでした。役職があるわたしの立場も考え、他の社員がいないところで、こっそりと社内のルールを教えてくれました。会社を案内してくれたのも、取引先の名前を思い出せないときにこっそり耳打ちしてくれたのも彼女でした」

そんなことがあったのか。意外だった。

「加奈さんは自分を犠牲にして、まわりを立ててることができます。社内の雰囲気が悪いとき、わざと冗談を言って和ませてくれるのが加奈さんです。加奈さんは人を喜ばせることを、自分の幸せにできる素晴らしい女性です。そんな加奈さんと結婚するご主人は幸せ者です。なぜなら、ショーペンハウアーの言うとおり、結婚によって権利は半分になって、義務は二倍になるかもしれませんが、笑う回数は何倍にもなるからです」

加奈がハンカチで目頭をおさえる。宇佐美には盛大な拍手が送られた。

なんだ、やればできるじゃないか。まあ、一応部長だし、雑誌の編集長をやってた経歴もあるのだ。

この前のバーベキューが嘘みたいだ。ちょっとかっこよく見えてしまう。

「それでは、最後にわたしからの祝福の気持ちをこめて」

そう言うと、宇佐美はジャケットの袖から花を出し、ポケットから旗を出した。急にマジックをやり始めた。会場から歓声があがる。

調子にのった宇佐美は胸から鳩を飛ばした。白い鳩が勢いよく会場を飛び回る。それがまずかったのか、式場の人があわてて静止に入った。宇佐美は連れていかれてしまい、壁際の席に一人で座らされた。

披露宴は進み、スクリーンに写真が映し出される。子供のころの加奈だった。音楽に合わせて、次々と写真が流れていく。

ジャージを着た活発そうな女の子は、高校生になったとたん急に派手になった。シャギーに細眉、ルーズソックスの写真が映って、会場がどっと沸いた。

「続きまして、ブーケ贈呈です」

映像が終わったところで司会が言った。

「新婦、加奈さんのご提案でブーケは直接手渡しをするそうです」

加奈は結婚が決まっている後輩の子に「幸せになってね」とブーケを手渡ししていた。どうやら式にブーケトスは取り入れなかったようだ。

麻衣子は少しほっとした。若い子の中に交じってブーケトスの列に並ぶのは、みなから「あの人、まだ独身なんだ」と思われそうで、気がひけていたからだ。加奈が気を使ってそうしたのだろう。

そのあと、加奈が両親へ手紙を読みあげた。ハイヒールを履いた加奈は少し屈んで和服の母親を抱きしめる。

「ありがとう」加奈の口元が動いた。

加奈のお母さんも泣きながら何度もうなずいた。「がんばってね」という声をマイクが拾った。

加奈らしいとても楽しい披露宴になった。三十五歳になっても、自分が結婚してなくてもいいものだと思った。

いつか、わたしも母親をああやって喜ばせることができるだろうか。つい自分と母を重ねてしまう。

＊

卵巣の検査の日になり、麻衣子はこの前行った婦人科に向かった。

電車に乗ると、路線図の先にある実家の駅名が目に入った。そういえばもう一年近く実家に帰っていない。

検査が終わったら寄って帰ろうか。たまには母を食事にでも連れ出してあげたい。加奈の披露宴に出たせいかそんなことを思った。

検査が終わり、診察室を出ると、待合室のテレビが目に入った。お昼の情報番組だった、ショッピングセンターのフードコートで、タレントが買い物客にインタビューをしている。

インタビューを受けた女性は、安くなった野菜を買って、泣きわめく赤ちゃんを抱えながら、走り回る男の子を「何やっているの」とカメラを気にせず叱っていた。

こういうふうにはなりたくないな。そう考えてしまうわたしは、女として間違っているのだろうか。

ふと、テレビの前に座っている人と目が合い、どきりとした。母だった。

病気だろうか。電話をしたとき胸が痛いと言っていた。

「お母さん、どうしたの？」

面と向かうと、ずいぶん体が小さくなった気がした。目尻と頬にしわが増え、老人と呼ぶのにふさわしい顔つきになっていた。

母は一瞬驚いてから、「薬もらいにきただけよ。麻衣子こそどうしたの？」と不安そうな顔をした。

「あ、いや、ちょっとね。健康診断で」

心配させたくないと思い、言葉を濁した。母は麻衣子が持っていた診察の伝票に視線を移し、表情を曇らせた。

「産婦人科に行ってたの？」

「あ、うん……」

「大丈夫なの？」母が心配そうに言う。

「大丈夫よ。会社で行かされるやつだから」

「で、どうだったの？」

「卵巣に腫瘍があるかもしれないんだって。でも、たぶん良性だから大丈夫って先生も言ってた」

「麻衣子、お願いだから無理しないで。お母さん麻衣子のことが心配なの。結婚して、ゆっくり生活するって生き方もあるんだから」

また、結婚の話になった。麻衣子は「うん、そうね」と短く返す。

「お母さんね、麻衣子が地方に嫁いでもいいと思ってるの。ほら、今テレビでやってるじゃない。地方行って、地元の人とお見合いするようなやつ。ああいうのに参加してもいいんじゃないの」

どうしてテレビの話になるんだ。麻衣子だったら大丈夫だよ。そうひとこと言ってくれれば、わたしは結婚だって仕事だっていくらだってがんばれる。抑えるつもりだった気持ちがこみあげてくる。

「麻衣子さえよければ、お見合い受けてみない？　ほら、九州の親戚で旅館やってるおじさんいたじゃない。あの人の知り合いで麻衣子と同じ年の……」

「お母さん」麻衣子は母を遮った。「わたしニューヨークに転勤したいの」

「麻衣子……」母が困った顔を見せる。「そんなことしたって結婚できないじゃない」

「どうしてそんなに結婚が大切なの」

「ひとりじゃ淋しいからよ。麻衣子がお母さんくらいの歳になったらどうするの。ご飯食べるときも、病気になったときもずっと一人になるの。そういう覚悟ができてるの？　今は若いからいい。人生謳歌するのもいい。でも六十になって、七十になっても人生を謳歌するの？」

大学を卒業して留学したいと言ったときもそうだった。「そんなことをしてたら結婚できない歳になる」「将来のことを考えて、いまは我慢しなさい」そう言われ、自分がものすごく悪いことをしようとしている気がして、奨学金の手続きも終わっていたのに、留学をあきらめた。

いい会社に入って、そこで働いている男の人を見つけるか、公務員とか銀行員とか安定した仕事をしている人を見つけて結婚する。それが母の描くわたしの人生だった。

あのとき三年留学したって二十五とか二十六だった。結婚しないまま三十代も半ばになった今、なんであのとき挑戦しなかったのかと、後悔している。

「お母さんね、今はお父さんがいないけど、麻衣子がいると思えるから毎日がんばれる。だから麻衣子にも……」

母が言葉を続けた。視界が滲んでくる。

「わたし、お母さんの子供として生まれてきたせいでずっと苦しんでる」

気づいたら大きな声を出していた。その場を離れようと立ち上がると、いつも診てくれている婦人科の女医と目が合った。

下を向き、逃げるようにその場を離れ、病院の出口に向かって大股で歩く。

売店の前を通ると、小学生のころ、肺炎で入院したときの記憶がよみがえった。

母はこの売店でおもちゃを買ってくれた。人気のキャラクターでもなんでもない、女の子の人形だ。きっと病院のベッドで過ごす淋しさを紛らわしてくれようとしたのだろう。

真っ暗な病院の夜も、それを抱いていれば淋しくなんてなかった。大人になったらお母さんにたくさんプレゼントをしよう、いろんなところに連れていってあげよう、あのときはそう思った。

なのに、どうしてうまくやっていけないのか。

目にこみあげてくるものを必死に抑えた。

一晩考えたが、やっぱり、女が幸せになるためには結婚するしかないのかもしれない。そうすれば母も喜ばせられるし、まわりから不幸な目で見られることもない。

問題は相手だ。宇佐美は恋愛感情のようなものが湧く相手を選べと言っていたが、それだけで結婚なんてできるわけがない。

＊

「あ、麻衣子さん」

会社に戻ると、廊下で涼に声をかけられた。

「おつかれ」と声をかけると、近くに寄ってきた。

「今度、テレビ局が俺のこと取材しに来ることになったんですよ。すごくないっすか」

「え、テレビ!?　すごいね……」

「麻衣子さん、また練習を見に来てくださいよ。麻衣子さんに見られてると、俺シュート入るんすよ」と手首をクイっと曲げて、シュートのマネをする。

「ああ、うん……」

麻衣子はあいまいに答えてその場を離れた。自分が学生だったら毎日でも行ってあげた。でも今は結婚相手を見つけなければならない。

「よお、麻衣子」

今度は発注先の勇太に話しかけられた。

「聞いたぞ。婚活してるんだってな。俺がデートしてやろうか」と軽口を叩いた。

「あんたは結婚してるでしょう」とすれ違いざまに腹を殴った。


その週の日曜日、医者の谷口と二度目の食事をした。今日はかしこまったカウンターのお寿司屋さんだ。

宇佐美は結婚に打算を捨てろと言っていたが、やっぱり結婚には譲れない条件がある。谷口には恋愛感情のようなものが湧き出てくるわけではないけど、安定していそうだし、家族を大切にしそうだ。結婚相手には合っているのかもしれない。

「なんか、ありがとうございます。僕に合わせてくれたみたいで。きっと母も喜ぶと思います」

谷口の希望どおりメイクを薄くして、ネイルは短くしてワンカラーのシンプルなものにした。嫌いだった女子アナ風の髪型にも挑戦した。ピンクのチークも濃くして、前髪はカールさせて、全体的にふわっとした印象にした。トップスは薄いピンクのアンサンブルだ。こんな格好は絶対知り合いには見られたくない。だけど、これも結婚のためだ。

「広瀬さんは結婚の条件とかないんですか」谷口がおしぼりで手を拭く。

「え、わたしですか……」

「遠慮せずに広瀬さんも言ってください」

「実は……」

麻衣子は海外転勤を希望していることを伝えた。

「海外転勤ですか……」谷口が真顔になる。「できれば、家庭に入っていただきたいと思っていたのですが、もし、どうしても仕事がしたいということであれば病院の事務とか経理をしていただけると、僕としてはうれしいです」

「病院の仕事?」

「実家の病院の経理とか事務を」

「ああ、そういうことですか……」

「もちろん、だいぶ先の話です。ゆっくり考えてくれればいいから」谷口は付け加えた。

谷口がトイレに立ったので、麻衣子は加奈に相談した。

《いいじゃない。病院のっとって、チームバチスタ的なのつくって、病院経営して大病院にすればば》

《あのね。あんたテレビ観すぎよ》

《とにかく、そんないい条件の男は希少種って言ったでしょう。付き合うだけ付き合ってみればい

いじゃない》

戻ってきた谷口は、結婚したらこんな家庭をつくりたい。そんな話を続けた。ああいうパーティに参加しているくらいだ。きっとすぐにでも結婚したいのだろう。

帰り道、大きな公園の並木道を歩いた。外灯の下にきたところで谷口は立ち止まった。

「あの、広瀬さん」

谷口のほうを向くと、真剣な顔でこっちを見つめていた。

「僕は覚悟しました」

「え?」

「こう見えても僕は医師です。お金の面で広瀬さんを路頭に迷わせるようなことはしません。広瀬さんには不憫な思いをさせないと約束します。もし仕事を辞めたとしても、僕が必ず面倒を見ます。僕と結婚を前提にお付き合いしていただけませんか」

「ええ、はい……」

これでいいんだ。麻衣子は自分に言い聞かせるためにうなずいた。

結婚相手ってきっとこういうものだ。最初はそんなに好きじゃなくても、一緒に暮らしていくうちに好きになる。それで子供をつくって、穏やかな家庭をつくる。そうすれば母も安心させられる。

結婚のためには仕事や夢は我慢しなければいけないのかもしれない。

谷口に両肩を掴まれ引き寄せられた。薄い髭に囲まれた唇が目の前に近づいてくる。麻衣子は目をつむった。

やっぱりだめだ――。

谷口の唇が触れた瞬間、顔を反らしてしまった。どんなに自分に言い聞かせても、心が拒否した。好きじゃないのだ。

「ごめんなさい」

麻衣子は頭を下げ谷口に目を向けると、落ちこんだ顔をしている。

「僕じゃ、だめですか?」

「谷口さんがだめとか、そういうことじゃないんです。もともと、あのパーティーに参加したのも、人に誘われたからで、なんていうか、わたし結婚願望があまりなくて。仕事も続けたいと思ってますし……」

傷つけたくなくて、原因が自分にあるように言った。

「結婚ってなんなんですかね……」

谷口は道の先を見てつぶやく。

「なんとなく結婚しなきゃいけないような気がして、パーティーに行ったり、相談所に登録したり、いろいろやってますけど。なぜ結婚したいのかって聞かれると答えに困りますよね」

谷口は自嘲気味に笑う。

「だから、ときどきおかしくなるんですよ。だって、人生なんて一人で自分勝手に生きたほうが、絶対楽じゃないですか。それなのに、結婚しなきゃいけないと勝手に思いこんで、こうやって苦しんでる。なんか笑っちゃますよね」

麻衣子はもう一度「ごめんなさい」と繰り返した。

「いや、いいんですよ。広瀬さんの気持ちわかりますし……。でも、僕、広瀬さんとなら結婚したいと思いました」

夜の公園を並んで歩いたが、お互い言葉がなくなってしまった。並木道に落ちた枯葉を踏む音だけが耳に入ってきた。


今日は疲れた。早くお風呂に入って、寝たい。

マンションに着き、宅配ボックスを開けると大きな段ボールが入っていた。それを脇に抱えて部屋に入り、落とすように置いた。

お風呂のスイッチを入れたあと、ダイニングテーブルでパソコンを開き、麻衣子は今日感じたこと書き留めておくことにした。

婚活会社に紹介してもらった条件のいい男性は、経済力もあって社会的地位もある人だった。

「年収：一〇〇〇万円」のチェックボックスを選択しても、年齢を「三十五歳」と入力しても検索結果に残ってくれる希少な男性だと言われた。でも会ってみたら合わなかった。男と女にはチェックボックスにはできない条件がある――。

原稿を仕上げたあと、届いたダンボールを開けた。ネットで買ったキッチンに置く棚で、組み立てるのにドライバーが必要だった。こういうのはいつも航平がやってくれたっけ。

航平は由里菜とうまくやってるのだろうか。麻衣子は携帯を手にとり、航平のＳＮＳにアクセスした。

いや、だめだめ。こんなことをしたって意味がない。麻衣子は携帯を裏返してテーブルに置いた。

ソファーに横になり、改めて部屋を見渡すと、アンティークのシーリングライトと古材でできたローテーブル、天井まで伸びる観葉植物、自分の好きなものに囲まれていた。全て自分で稼いだお金で買ったものだ。

それなのにどうしてこんなにむなしいのか。

時計を見ると、日曜日が終わっていた。明日もやることがたくさんある。

疲れたせいか瞼が重くなってきた。

目を閉じかけたとき、「お湯張りが完了しました」と電子音に起こされた。

06

翌日の月曜日、会社に着くと、山蓉商事の担当者からアプリケーションの仕様を変更してほしいと連絡があった。ただし予算は増やしたくないという。

もう仕様は決まり、プログラミングに入る直前だ。サービス設計から根本的にやり直さなければいけない。でも麻衣子はそれを受けることにした。

向こうは日本を代表する老舗メーカーだ。山蓉商事の商品を取り扱えるなら、多少は我慢をするつもりだった。それに、もう動き出してしまった。いまさらちょっと、とは言えない。

でも、しわよせは自分たちにくる。誰かに頼めばその分請求が増えてしまうから、うちで吸収するしかない。もっと忙しくなりそうだ。

今度は山蓉商事の専務から直接メールが来た。

仕様変更のお詫びかと思ったが、そうではなく、交流を深めるために親睦会を開きませんか。という内容だった。つまり接待の要求だ。もちろん断れない。

《無礼講でいきましょう》

パソコンに映る文字に向かって、麻衣子はため息をつく。

本当にこの仕事はわたしじゃなきゃいけないのだろうか。

「お前、山蓉商事に入りこんだって。向こうの専務から聞いたぞ」

翌日、廊下を歩いていると、取締役の内田に声をかけられた。入社したころの直属の上司で、今は人事の部長も兼任している。

「ええ、そうなんですよ。早速、振り回されてますけど」

内田が笑う。

「がんばれ広瀬。実は向こうの専務が知り合いでな。イキがいいって、お前のこと気に入ってたぞ。山蓉商事と関係をつくれれば、他の部署も大きな仕事がとれる。そうすれば会社への貢献度も高い。つまりは、お前の希望も叶うってことだ」

内田の言う希望というのは海外転勤のことだ。この仕事がうまくいけばニューヨークへの転勤も近い。人事部長が言ってるんだ。これ以上の心強いお墨付きはない。

「人事っていうのはな、がんばってるやつをちゃんと見るのが仕事なんだ」

そうだよね。会社というところは、努力の分だけ評価をしてくれるのだ。こうなったらなんとかするしかない。

「逆に言うと、うまくいかなければ予算削減だ。いま、うちは赤字が続いてるからな。うまくやれよ」

内田は背中を向けて手を振った。

予算削減か。その言葉で自分のリストラと涼の契約のことを思い出した。来年度の予算がつかなければ、涼の契約は更新できない。

「おい、広瀬。プロフィール画像ってどうやって変えるんだ」

今度は宇佐美が来て、ラインストーンがぎっしりと貼り付けられた携帯を突き出した。

宇佐美は最近フェイスブックを始めたらしく、すごい勢いで投稿するので、麻衣子のホーム画面が宇佐美だらけになった。

友達申請が来たとき、ブロックしようと思ったが、こういうタイプは意外に小さいことを気にしそうなのでやめておいた。

それに、こんな変人部長がどんな生活しているのか気になり、ついゴシップ心で宇佐美のページを覗いてしまう。

ほとんどが自撮りの写真だった。腹筋をアップにした写真や、シャツのボタンを大量に開けて胸筋を見せる写真が並ぶ。

しかも、宇佐美はデジタルに慣れてないせいで、写真が横になったままのものもある。きっと縦にする方法がわからないのだ。昨日アップされた写真は、目が大きくなる加工がされていた。女子がやるやつだ。ツイッターには《カフェなう》《ジムなう》《確定申告なう》となんでも「なう」をつけている。

そのせいで宇佐美の生活サイクルを把握してしまった。

朝はヨーグルトとラズベリーとバナナとシリアルを入れたアサイーボールをつくり、半身浴しながら食べる。シリアルはグルテンフリーだ。風呂から出たあとはルイボスティーをマグボトルに入れ、家を出る。

帰ってきたあとは、すぐシャワーを浴びて、派手なボクサーパンツにガウンを羽織る。シャンパングラスでプロテインを飲み、スチーマをあててパックまでしていた。毎週土曜日はジム通いだ。

ここまで美容の意識が高いのは、自分のまわりにもなかなかいない。

ただ、日曜日だけは投稿がなかった。前にそれを聞いたら「日曜日は忙しいんだよ」と答えるだけだった。いったいどこで何をしてるのか。

「おい、広瀬。ホーム画面で自分の写真とこの画像を組み合わせたいんだ。どうしたらいい」

どうやら宇佐美は自分がよく映っている写真と、デザインされた「HIROTO USAMI」という文字を組み合わせて、ファッションモデルと同じようなホーム画面にしたいらしい。ずっと紙の世界でやってきたからこういうことに疎いのだ。

しかたなく、麻衣子は宇佐美のスマホを操作する。宇佐美が椅子に仰け反り、頭のうしろで手を組む。

「今回の原稿、内容はよかったぞ。でもな、その男がだめだったらさっさと次へ行け」

宇佐美は谷口とうまくいかなかったことを言っている。

「簡単に言いますけど、いい相手がなかなかいないんですよ」

「何言ってんだ。ジバンシィはな、駆け出しのころ、憧れていたバレンシアガに弟子入りを志願して、門前払いをくらったんだ。それでもへこたれず、自分のスケッチを持って大物デザイナーを訪ね続けて、二十四歳でスターデザイナーにのぼり詰めているんだよ。お前も一人だめだったくらいであきらめるな」

麻衣子はそれには答えず、宇佐美のフェイスブックを設定して、宇佐美に返した。

「悪いな、広瀬」

宇佐美はスマホを受け取ると、遠くに離して眉間にしわを寄せた。もう老眼が始まったようだ。

「そんなこと言ったって、部長に言われたコラムもあるし、これから仕様変更でクライアントに行かなきゃいけないし。忙しいんですよ」

「忙しいって言ってたら何もできねぇだろ。そんな仕事の仕方をしてるから、あっという間に三十五になるんだよ。仕事だけの人生で終わるぞ」

あんたは四十五歳の老眼でしょう。その言葉が口から出かかったが、必死に飲みこんで言葉を換えた。

「何言ってるんですか？　会社のために頑張ってるんですよ。それなのにそんな言い方はおかしいでしょう」

「本当にお前は何もわかってねぇな……」

宇佐美はジャケットを脱ぎ、シャツの袖を緩めた。カフスはシャネルのものだった。

「ココ・シャネルが死んだあと、ブランドのシャネルがどうなったか知ってるか？」

「なんの話ですか」ぞんざいに言った。

「カリスマ、ココ・シャネルがつくったブランド、それがシャネル。当然デザイナーのシャネルが死んだあとは、ブランドは低迷するだろう」

「まあ、そうですね」

宇佐美は腕をまくったあと、やたらと手首を振って腕時計の位置を直した。時計もシャネルだった。

「ココ・シャネルが死んだあと、ブランドのシャネルは伝統を大切にするあまり、古いと評価されて低迷した。そんなときに、カール・ラガーフェルドがシャネルのデザイナーになると、当時、誰よりもシャネルを研究してブランドを熟知したあと、ココ・シャネルの哲学を踏襲しつつも、あえて古くなった部分を捨ててブランドを再構築したんだ。一定のファンがいる中で革新的なことをやるのが、どんなにリスクがあることかわかるだろう」

「わかりますけど、それがいまの話とどう関係すんですか？」

宇佐美はシャツのボタンを開ける。今度はシャネルのペンダントトップが見える。

「カール・ラガーフェルドが本当にすごいのはな、シャネルのデザイナーだけでなく、クロエとフェンディと自分の名前のブランドの四つのデザイナーを同時にこなしてたことなんだよ」

「えっ、ひとりで四つですか……」

「ああ、そうだ。シャネルというトップブランドのデザイナーとして常に評価に晒されてるのにもかかわらず、他に三つのブランドのデザイナーを同時に務めてコレクションをこなしてたんだ」

「なんでそんなことできるんですか」つい聞いてしまった。

「まわりを使うのがうまいんだ」

宇佐美は続ける。

「デザイナーはな、職人気質が多くて、背中を見て学べというタイプが多かった。だが、カール・ラガーフェルドは違った。コレクションの締め切り直前に、疲弊したスタッフに作業を頼むときは『素晴らしい仕事をした君が悪い』と、冗談交じりに相手を褒めるし、撮影で行く旅先ではみなと同じホテルに泊まり、疲れていても食事に誘う。モードの帝王という愛称がつくほどの重鎮なのに、まわりに気遣いができるデザイナーなんだよ。だから、そんな神業ができたんだ」

そのとき宇佐美の携帯が鳴る。宇佐美はうれしそうに「すまん。また友達申請がきてな。俺とつながりたい一般人たちが多くて困る」再び宇佐美は携帯を少し離したところで、眉間にしわを寄せて画面を見る。

言葉が出ない。キーボードを叩きながら話を聞くことにした。

「お前も、まわりが楽しんで仕事ができる環境をつくれ。そうすれば時間なんていくらでもできるんだよ。そしたら、その時間で新しいことに挑戦したっていいし、少し休んだっていい。カール・ラガーフェルドなんてな、デザインの仕事で忙しいはずなのに、写真が好きだから、自分のブランドのカメラマンもやってるし、ドバイの島のデザインまで挑戦してるんだ」

「うーん」麻衣子は首を捻った。やっぱり、わたしが無理に請けてしまった仕事でまわりに迷惑をかけられない。それに海外転勤もかかっている。誰かに任せて失敗するなんてことは許されない。

「山蓉商事の案件だろ？　忙しいんだったら、仕事を他のやつに振れ」

「でも、これは自分で持ってきた仕事だし、他の人には迷惑かけられませんよ」

「仕事は自分ひとりでなければいけないとか、努力でカバーするとか、そういう古い常識にとらわれるな。時代は常に変化してるんだ。ラガーフェルドみたいにもっと柔軟にやれ」

「麻衣子、そろそろ行く時間よ」そのとき奥から声がかかった。もうクライアントとの打ち合わせに出かける時間だ。

「じゃあ、わたし行きます」

麻衣子が行こうとすると、「おい」と呼び止められた。

「部長の俺が出ていって、ビシッと言ってやってもいいんだぞ」

宇佐美が麻衣子の目の前に立った。今日はスーツだが、下は短パンだった。丈が短すぎて、ホットパンツみたいになっていて、きれいに焼けた脛が蛍光灯の光を反射している。

こんなわけのわからない人に関わられるほうが怖い。せっかくここまできたのに余計ややこしくされそうだ。

「結構です。わたし一人でできるんで」そう残して、麻衣子はその場を去った。

07

翌週は山蓉商事からの要望に応じるために、仕様変更にとりかかった。一か月でつくった設計を一週間で作り直す。

「下請けをいじめるねえ」

勇太に事情を打ち明けると、いやな顔一つせず冗談を返した。

「勇太、お願い。クライアントのためなのよ」

「どうしようかなあ」

「また焼肉おごるからさ。あとカラオケも」

「カラオケはいいや。麻衣子はマイク離さないから」勇太は笑い、白い歯を見せた。「まあ、麻衣子のお願いならしかたないな。次もうちを使ってくださいよ。広瀬マネージャー」さりげなく肩を触れられた。

勇太は仕事を引き受けてくれただけではなく、週に数日は会社に常駐してくれることになった。他の会社だったらそうはいかなかった。

ただ、サービス設計を一から考え直す必要があったので、遅くまで会議が続いた。不満の声をあげるスタッフもいた。

今週はまともに寝てない。早く帰って寝たいのに、今日は九時からクライアントに要求された接待がある。

さっきトイレで鏡を見たら、髪の根本の染めてない部分が目立っていた。あごにはニキビがあった。仕事をしすぎてストレスがたまるとできるやつだ。きっとホルモンバランスが崩れているのだろう。

病院の検査もキャンセルしてしまった。生活を変えないと出産のリスクが増える。そんなことを健康診断で言われたが、いま手を緩めるわけにはいかない。考えるのをやめることにした。

谷口には、あの一件のあと謝罪のメールを送ったが、返信はなかった。他の誰かとうまくいってほしいと心から思う。

麻衣子はあからさまにいやな顔をするデザイナーとプログラマーに頭を下げ、なんとか会議を終わらせた。

デスクに戻ると知らない番号から電話がかかってきた。

「広瀬さまの携帯でよろしいでしょうか」

電話の相手は谷口をつないでくれた婚活パーティーのスタッフだった。

「谷口さまから事情はお伺いしました。お付き合いを断られたそうで」

すみません、今仕事中なんで。と電話を切ろうとした瞬間、「自分から会いたいと言っておきながら、それはどうなんでしょうか」と突然つっかかってきた。

「広瀬さまが会ってみたいとおっしゃったんで、ご紹介したんですよ。それなのに最初から結婚するつもりがなかったなんて、ちょっとおかしいとは思いませんか」

こっちの状況も聞かずに一方的に言った。谷口を気遣った言葉を鵜呑みにしているようだ。

「広瀬さま、まだ相手なんていくらでもいるって思っていらっしゃるかもしれませんけど、三十五歳になったら、市場価値はぐっと下がって、ほとんど相手は選べないんです。あなたが考える以上に男性の方は女性の年齢にシビアなんです。それなのに広瀬さまみたいに仕事をしてて、お召しものに気を使っていらっしゃる方というのは自分の評価が高くて……」

鼻にかかった敬語が寝不足の頭に響く。これ以上余計なことを言うのはやめてほしい。今はぎりぎりのところなんだ。

電話を切って、仕事に戻る。苛立ちが収まらず、やらなきゃいけないことがたくさんあるのに、あれもこれも手につかなかった。机の中からこういうときのために買っておいた煙草とライターを取り出そうとした。が、見つからない。もう吸ってしまったんだ。あー、もうっ。書類の束をひっくり返したくなる。

引き出しを乱暴に閉めた瞬間、「麻衣子さん、できました」と智美から紙の束を渡された。来週使う提案書の作成を頼んでいた。

目を通すと、さっき指摘したところが直ってない。智美はいつも、最後のチェックをしないで持ってくるところがある。それで同じようなミスを繰り返す。ここは注意すべきだろうか。

いつも遅くまで働かせてしまっているし、今日だって接待に付き合わそうとしている。言うのはやめておこうか。

いや、だめだ。それは智美のためにならない。もし、この先同じようなミスがあれば、困るのは智美だ。

「智美、予算のところの数字が間違ってる。ちゃんと確認してから持ってきて」

「でも、麻衣子さんができたところまででいいから早く持ってこいって」

「そうだけど、間違ってたら意味ないでしょう。最後に軽くチェックくらいしないと」

「でも……、このシートは元はといえば麻衣子さんからもらったフォーマットで」

「言い訳はいいからさ。でもって言う前にやってよ。言ってる意味わかってる？」

と、そこまで言ってつい語尾を強めていたことに気づいた。

智美が黙ったまま席に戻ってしまう。

しまった。どうして、そんな言い方をしてしまったのか。いやな気持ちが胸に立ちこめる。

なんか、いろんなことがうまくいかない。

「ほらよ」

声がしたので、顔を上げると勇太がいた。煙草とライターを机に置く。

「麻衣子は、昔からなんかあるとマルボロ吸ってたもんな」

勇太は微笑んだあと、智美のところにも行き、「智美ちゃんにはこれをあげよう」と小さなチョコレートを渡した。

勇太の気遣いで智美と気まずくなることはなくなった。やっぱり会社を切り盛りしている男は違う。人の扱い方が上手だ。宇佐美もまわりとうまくやれるから、難しい仕事ができるようになると言っていた。

わたしはマネージャーに向いてないのだろうか。

パソコンの画面に目を戻すと、また【ご報告】のメールがきた。大学の後輩からだった。

その後輩は銀行に就職して六時に帰る仕事を選んだ。仕事は仕事と割り切り、アフターシックスを楽しんだ。そして飲み会で出会った公務員と結婚した。

それに比べて自分はいつも帰りが遅くて、平日にプライベートの時間がなかった。友達とも疎遠になった。

これが当たり前だと思っていたけど、はたして本当にそうなのだろうか。もしかしたら、後輩のような生き方があったのかもしれない。

そうすれば、同じように結婚した友達と、駅ビルのカフェでお茶をして、ファッションやテレビの話をしながら少し遅く帰ってくる旦那の帰りを待っていたのだろうか。

部下の教え方のことで気を揉むことなんてなかった。金曜日の夜に接待でおじさんたちに気を使う必要なんてなかった。

一生懸命働いてきたのに、どうして、まわりに比べて不幸なのだろうか。いったいどこで間違えたのだろうか。

こうやって、何か間違っているような感覚を背負いながら時間が過ぎて、歳をとって、いつか死んでしまうのか。

麻衣子はオフィスチェアの背もたれに体を預けて、天井を仰いだ。蛍光灯が冷たく並んでいる。

もう、やめちゃおうかな。こんな生活。

会社を辞めて貯金を崩しながら、東南アジアのリゾートでのんびり過ごせないだろうか。ずっと走り続けてきたんだ。しばらく休んだっていい。

日本に戻ってきてからは自分のペースでできる仕事をして、ベランダで植物でも育てながら、穏やかに暮らす。

なんて妄想をしてみるけど、そんな現実はやってこないことも同時にわかっている。

途中で投げ出すなんてできるわけがない。ユーザーが待ち望んでいるし、涼の契約のことだってある。ニューヨークへ転勤の話だってある。

やるしかないんだよね。一瞬、涙が浮かびそうになったけどひっこめた。仕事のことでも、男の前でも泣かないと決めていた。

麻衣子は口の中でよしとつぶやいて、背もたれを戻し、もう一度パソコンに向かった。

＊

接待の時間が近づいてきた。

「部長呼ばなくていいの」会社を出たところで加奈が言った。

「うん。この案件はわたしが無理にとってきた案件だから迷惑かけたくないし、部長も途中から入ってても困ると思うから」

「でも、飲み会くらいだったらいいんじゃない。部長も何かできることないかって言ってたし、今日も行きたそうだった」

「ごめん。今回は部長を相手にしてる余裕ない」

そこから会話がなくなり、先方に指定された割烹に着いた。

ネットに載っていた写真よりも、店の照明は暗い。担当者と部長クラスのメンバーが個室のソファーに腰を下ろす。加奈と智美が白髪交じりのおじさんたちの間に座った。

「あれ、ここは銀座のクラブかな」

隣に座った専務がわざとらしく言って自分で笑う。すでに酒が入っているのか顔が赤い。

「こんなクオリティーの低いクラブは潰れますよぉ」加奈が冗談を言ってなごませた。そんなに卑屈になる必要はないのに。麻衣子はひきつった笑いしかできなかった。

「みなさん、どうかうちのウェディングドレスをよろしく」

専務が運ばれたビールのジョッキを受けとるふりをして少しずつ体を寄せてくる。

「耐えろ、麻衣子」と自分に言い聞かせた。

コンペでうちの会社を選んでくれたのだ。山蓉商事の商品を取り扱えれば、ユーザーも喜ぶし、ショーだって盛り上がる。

「わたし、山蓉商事の洋服大好きなんです」麻衣子は気を取り直して言った。「デザイン性もいいんですけど、縫製や素材がしっかりしていて長く着られるところが気に入ってるんです。実は今日のストッキングも山蓉商事さんので、すごく丈夫だから、ずっとはいてるんですよ」

「だろう。うちのストッキング、肌触りもいいからな」そう言って専務が腿《もも》をなでてくる。

がっかりした。いいものを作っている会社だからって、働いている人がいい人とは限らないのだ。

本当だったら足を踏みつけるところだが、相手はクライアントだ。「だめですよ」そう言って手をどける。あーあ。いつからわたしの仕事はホステスになったんだ。

しだいに酒が進み、専務の声が大きくなる。

「お前はえらい。こんな美人さんがいる会社によく発注した。褒めてやる」

「ありがとうございます。専務！」

「よし、俺の酒を飲ましてやろう」

若い部下がグラスを差し出し、そこにウィスキーを並々と注いだ。

「ほら君も」とグラスに酒を注がれ、慣れないウィスキーを口にした。その瞬間、右の下腹がちくりと痛んだ。病気の影響だろうか。病院に行かなかったせいで、重い病気にでもなっていたらと不安になった。

専務の猪口が空いたので麻衣子は酒を注いだ。

「君がやっている婚活のやつはうまくいってるのか?」コラムのことを言っている。

「ええ、まあ……」

麻衣子が言葉を濁すと、「結婚はしたほうがいいぞ。子供を育てると一人で生活するよりも精神的に充実するからな」と言いだした。

「女が子供を産まなくなったら、この国の未来は困るな」今度は向かいの男が言った。

「女性の社会進出もわかるけど、それで国が傾いたら元も子もない」

女の幸せは結婚して子供を産むこと――。またいつものやつだ。奥歯を噛んで、表情に出さないようにした。

「内田君には君がよくやってると伝えておくよ」そう言いながら、専務はさりげなく腿に手をのせる。

そうか。内田も知ってたんだ。この人がこういう人だってこと。

内田の言った「うまくやれよ」は、「セクハラも耐えて仕事をとれよ。そうすれば転勤させてやる」ってことだ。

適任って言ったのはわたしが女だからだったんだ。

口の中でため息をついた。わたしがいままでやってきたことっていったいなんなんだ。

いろんな人に怒られて、ストレスためて、彼氏にも振られて、気遣いして、それで気づいたら、この歳で結婚もできなくて、親を喜ばせることもできなくて、病院にも行けてない。会社のために、こうして時間とプライドを削ってる。

専務がまた手をのせてきた。薬指の肉に埋もれた細いシルバーが目につく。足を組むふりをしてかわしたが、しつこく手をのせてくる。

こんなこと、めずらしいことじゃない。おじさんのセクハラにいちいち腹を立てる歳でもない。今までと同じように、うまくかわしてやり過ごせばいい。スカートの端を握ってそれに耐えた。

「俺が三十年若かったら結婚してやれたのにな」

専務が大口を開けて笑った。先方の男たちがそれに続く。

「妊活だったらいまでも手伝ってやれるんだけどな」そう言って、また腿を撫でてくる。

血が逆流した。

「もう、いい加減にください」

気づいたら声をあげていた。みなの視線が集まり顔が熱くなる。恥ずかしさと怒りが焦りになり、持っていたグラスを乱暴にテーブルに置いた。

顔を伏せたまま「用があるんでわたし帰ります」と飛び出した。

金曜の喧騒の中を足早に歩いた。ストッキングの上に専務に触れられた感触が残る。酔って大声で騒ぐ男女のグループや笑顔のカップルが視界を通りすぎた。

ふと誰かと話したくなった。気づいたら携帯の画面に航平の電話番号を表示させていた。通話ボタンを押すところで、思いとどまる。

そうか、もう別れたんだ——。麻衣子は大きく息を吐き、肩を落とした。

付き合っているころは、別に航平がいなくても平気だと思っていた。一人になってもやっていけるし、なんとかなると思っていた。

でも、仕事がうまくいかないとき、航平は眠い目をこすりながら愚痴を聞いてくれていた。風邪をひいたときは、お粥をつくってくれた。航平にやさしくしてもらって、心のバランスを保っていたのだ。でも、航平はもうわたしのもとにはいない。

ついSNSを開いてしまう。新しい彼女の由梨奈の投稿があった。昔の名残でつながっている。拒否すればいいのに拒否できなくて、読まなくていいのに読んでしまう。

航平と一緒に写っている写真がアップされていた。アミューズメントパークでキャラクターの着ぐるみと一緒にピースをしている。

《とても楽しい一日でした。しあわせ～》

その画面を閉じると、仕事のメールがきた。本当は今日までに仕上げないといけない企画書の催促だ。まだ三行しかできてない。

ヒールが溝にはさまって、靴が脱げた。アスファルトの冷たい感触が足に伝わる。

何やってるんだ、わたし。

人のＳＮＳと自分の人生を比べて勝手に腹を立ててる。苛立ちが抑えられなくて、智美にはあたり散らしてしまうし、さっきのセクハラだって、強く言う必要はなかった。少なくとも加奈たちを置いて途中で抜け出すなんて、絶対やってはいけないことだ。

婚活会社の女性が言ったとおりかもしれない。人より服や美容に気を使ってるし、人より仕事をしてるから、人よりいい女だと思っていたのか。だからそれに似合う愛情を受けるべきだし、誰より幸せになれる。心の底でそう思っていたのだろうか。

そんな女、誰だって結婚したくない。谷口だってきっと、わたしの本性を知ったら、結婚なんてしたくなくなるはず。

わたしは誰にも必要とされない、価値のない女なのか。

いやだ――。そんなのいやだ――。

そのとき携帯が鳴った。画面を見ると勇太だった。

「麻衣子。大丈夫か？」

「え、うん」

「智美ちゃんから事情は聞いた。今から行くから待ってろ。今どこにいるんだ」

駅のベンチに座り、行き交う人をただ眺めて待った。

しばらくしてタクシーから勇太が降りてきた。横断歩道を颯爽と歩く姿は他の人に紛れていても目立っていた。

勇太が隣に座る。

「大丈夫か」

麻衣子はうなずいた。

「ちょっと歩こうか」

勇太は麻衣子の手をとり、黙って駅の反対側に向かっていく。手をつなぎ直したとき、中指と薬指から金属の冷たい感触があった。でもそれは感じていないことにして隣を歩いた。

気づいたら近くのホテルに入っていた。シャツのボタンを自分ではずして、ストッキングを脱いだ。勇太は、さっき専務に触られたあたりに手をのせ、髪を掻き上げやさしく唇に触れた。

麻衣子はそれを受け入れた。誰かに必要とされている実感が欲しかった。

勇太に結婚してほしいと言われたのは、二十五歳のころだった。

勇太のことは好きだったけど、それは選べずに別れた。どんどん仕事が面白くなってきたし、海外勤務にも挑戦したかった。これからいろいろなことが経験できるかと思うと、勇太をサポートする生き方よりも自分で切り開く未来のほうが魅力的だった。

もちろん、つらいこともたくさんあったし、毎日帰りも遅かった。それでも、女友達と一緒に遊ぶのも、好きなところに旅行に行けるのも楽しかった。欲しいバッグは彼氏に買ってもらうよりも、自分のお金で買うほうがうれしかった。

そのあと、勇太はすぐ別の子と結婚し、経営が軌道に乗ると夜の街で派手に遊びだした。スーパーで勇太の奥さんが安売りの野菜を選んでいるのを偶然見たことがあった。与えられた生活費の中でやりくりしているのかと思うと、結婚しなくてよかったと思った。

だが、十年経った今はどうだろうか。ここを出たあと誰もいない家に帰り、今日のことを誰にも話せず、シャワー浴びて誰もいない部屋で目覚める。

これがあのとき自分が望んだ人生なのか。

勇太が首筋に舌を這わせた。薄く目を開くと、鏡が目に入った。決して幸せそうには見えない裸の女が顔をゆがめていた。

起き上がった勇太は、シャツの袖に腕を通した。妻の元に帰る夫の顔になる。

最近、奥さんとうまくいってない。女として魅力的なのは麻衣子のほうだ。麻衣子と付き合っていたころが一番幸せだった。と言葉を並べる。

だが、バスルームに入る時間が長いのは、きっと奥さんに疑われないように身だしなみを整えているからで、部屋を別々に出て行くのは、満たされたあとは、誰かに見つかることが怖くなったからだ。

なんで結婚なんてものがあるのだろうか。みんな幸せなのだろうか。

麻衣子はシーツに包まりながら、窓に映る東京の夜景を眺めた。十年前、ホテルから二人で見下ろした夜景は、無限の未来につながる希望の光に見えた。今は真っ暗な空にかろうじて存在している現実の光だ。

外に出たとき、何を思うのだろう。接待を飛び出したこと、智美に怒鳴ったこと、病気のこと、親のこと、きっといろんな現実を思い出し、ため息をつくはず。

あれ、なんだろう、これ――。ベッドから立ち上がれない。ドアを開けるのが怖い。

「ねえ、泊まっていかない」勇太の背中につい言っていた。

「え」勇太がネクタイを締めるのをやめて、振り返った。

「お願い、一人にしないで」

一瞬、困惑の表情を浮かべた。それを隠すように、咄嗟の笑顔をつくってからベッドに戻ってきた。隣に座り、肩を抱く。

「麻衣子……」

勇太はどうしていいのかわからない顔で、しかたなさそうに髪をなでる。

「ごめん、なんでもない。行って」

「大丈夫か」

「いいから行って」

「ああ」

勇太は振り返らずに部屋を出ていった。

ホテルの扉は容赦ない音を立てて閉まった。

部屋の中は耳鳴りがするほど静かだった。

＊

翌日、勇太からのメールで目が覚めた。

お互いのために、昨日のことは忘れて、これからは仕事のパートナーとしてやっていこう。長文を要約するとそんな内容だった。

麻衣子は枕に顔を埋めた。勇太にとっては、都合のいい遊び相手だったのだ。この先、わたしはずっと一人なのか。

全てがどうでもいいような気持ちになり、ベッドから体を起こせないでいると、カーテンの隙間から陽射しが目に入った。もう午後になっている。

麻衣子は宇佐美に電話をかけた。半年以内に結婚するという馬鹿げた仕事をやめさせてもらう。それで、月曜日になったら朝一で先方へ土下座しに行こう。自分がプロジェクトからはずされても、契約がなくなることだけは避けたい。

宇佐美は電話に出ると、忙しいから明日教会に来いと言った。どうやら日曜日は教会が運営する幼稚園のボランティアをしているらしい。

次の日、指定された幼稚園に着き、窓から覗いた。子供たちに本を読み聞かせている宇佐美が見えた。しばらくして、脚に纏わりつく園児を振り払うようにして出てきた。「あっち行ってろ」と声を荒げるが、子供たちはなぜか喜んでついてきた。

「ボランティアやってるんですか」

「ああ、俺はアメリカ生活が長かったからな。日曜日はこうやって地域に貢献するのが義務なんだよ」

宇佐美は手にしている本を畳んだ。

「で、どうしたんだ」

「金曜日、接待で先方の取締役に……」

校庭を歩きながら、麻衣子は金曜日の接待で飛び出してしまったことを詫びた。

「もう終わったことだ。対策を考えればいい。とりあえず月曜日は会社に来い」

宇佐美は端にあるベンチに座り、麻衣子もその隣に座った。すぐ先には、はしゃぐ子供たちがいた。

「あと……」

「あと、何だ？」

「結婚のやつ、やめさせてもらえませんか」

「どうして」

「わたし、結婚できないってわかったんです。もう三十五なのにプライドが高いから、自分に好意持ってくれる人がいても好きになれないし、生活レベルも下げたくないんです。自分の生活もできあがってるから、誰かを支える生き方に興味がないんです」

「そんなの当たり前だ。人類の歴史なんてほとんど戦争だろう。人間は利己的な動物だから、私利私欲のためにずっと殺し合ってきたんだ。みんな自分のために生きてるんだ」

宇佐美がまた関係のないことを、つらつらと話し始めた。

「いいか。ジル・サンダーだってな、プラダグループと契約したのに、素材の品質を落としたくないからって途中で辞任して……」

まじめに話をしてるのに、どうしてその話になるんだ。もうやめてほしい。それなのに宇佐美は、人間の本能がどうだのと言って話をやめない。苛立ちが募る。

「わたし不倫したんです」麻衣子は宇佐美を遮った。「一人でいるのに耐えられなくなって、既婚者の前の彼氏とそういう関係になったんです」

宇佐美が黙る。

「部長教えてください。どうしてこんなに頑張ってるのにわたしは幸せじゃないんですか？　わたし仕事だって手を抜いてないし、部長が言うとおりに婚活だってがんばった。毎日一生懸命生きてるのにどうしてこんなに不幸なんですか。わたしもっとがんばらなきゃいけないんですか。どうしてがんばってない人が幸せなんですか」

気づいたらためていたものを吐き出していた。

宇佐美が口を開く。

「言っておくがな、お前は十分幸せだ」

「何言ってるんですか？　わたしのどこが幸せだっていうんですか」

あきれてしまう。そんな言葉は慰めでしかない。

「みんな結婚してるし、結婚してないと、どこに行ってもかわいそうにって顔をされるんですよ。就職してすぐ仕事を辞めた子に彼氏をとられて、既婚者しか相手にされない女のどこが幸せなんですか」

宇佐美は前を向いたまま言った。

「クリスチャン・ディオールはな、ホームレスだったんだ。それなのにどうしてあそこまでのデザイナーになれたか知ってるか？」

「はい？」

「クリスチャン・ディオールは二十六歳のころにな……」

「もう、そういうの、いいですよ」

麻衣子は静かに言って立ち上がった。門に向かって歩く。

「幸せは競争じゃねぇ！」

突然、背中に宇佐美の大声がぶつかった。体がびくっとして立ち止まる。

「お前が自分を不幸だと思うのは、愛を感じる力がないからだ」

麻衣子は振り返った。すると宇佐美が眉間に力をこめて、こっちを見据えていた。

「クリスチャン・ディオールは弟が精神を病み、母親が病死して、経営する画廊が潰れて、ホームレスになったんだ。でもな、ディオールはまわりから愛されていたから、友人たちが部屋を貸し、食事を与えた。結核になったときも、治療費を出し合い助けられた。デザインを始める前の何も実績がないころだぞ」

宇佐美は勢いよく言葉を続ける。

「ようやく三十六歳でデザイナーになって、自分のブランドをやらせてほしいと投資家に頭を下げたあとも、不安になって、やっぱりやめますと電報を送るようなやつだったんだ。そんな控えめで不安症にもかかわらず、社員に愛されていたディオールは、ストレスを受けながら最前線で戦い続けた。コレクションでは自分のデザインで数千人の社員を路頭に迷わせることになったらどうしようと心配し、ときには占い師を頼った。他のデザイナーがメディアと距離をとっていたのに、ディオールはメンタルが弱いのに表に出て、批判を浴びながら少しでもコレクションを話題にさせようとした。後継者のイヴ・サンローランの母親に挨拶するまで、自分の仕事をやり抜いたんだ。そんなディオールが、愛を与えることが大切だって言ってんだよ」

遠くで幼稚園児が走り回っている。一人の女の子が転び、男の子が手を差し伸べた。その女の子は、手をとり立ち上がって再び駆けていく。

「人間には助け合う本能がある。だから、お前は人に愛で支えられていることを感じるだけでいいんだ。それができれば、人に愛を与えられて、人生は好転する」

「じゃあ無理です」麻衣子は言い返した。「わたしは自分のことしか好きじゃないんです。自分の好きなものを買って、好きなところに行って好きなように生きることしかできないんです。誰かのために生きるなんてできないんです」

するとと宇佐美はジャケットの内ポケットから一枚のカードを取り出した。商品と一緒に梱包する『Thank you so much!』と書かれた手描きのカードだった。

「このカード、お前が発案したんだってな」

麻衣子が黙っていると宇佐美は続ける。

「包装紙もお前が考えたんだろ。俺はすぐわかったぞ、箱の中で動いても服と擦れない紙だ。しかも湿気を吸うから最初に服に触れたときの感覚もいい。段ボールに詰めるだけの他の業者とは違う。それができるのはお前が客のことを思ってるからだろう。愛があるからできることだ」

「違います。売り上げを伸ばしたくて、会社で結果を出すためにやったんですよ。だから自分のためです」

宇佐美は前を見たまま言った。

「それでいいんだよ。自分のために人に愛を与える。そうすれば愛は返ってくる。世の中はそうやってできてるんだ。今度はその愛を自分のまわりの人間に与えろ。そうすれば、自ずと幸せはやってくるんだ」

そんな説教じみたことをこの歳で言われると思ってなかった。梱包のことを褒めてくれる上司もいなかった。今ものすごく動揺している。

宇佐美がハンカチを差し出す。目の前にディオールのロゴが来た。

「泣きたいときは、しっかり泣け」

「泣きませんよ」

「こういうときは泣いたほうがいいんだ。涙を流すことによって、コルチゾールっていうストレスホルモンが減少するんだ」

「泣かないって言ってるじゃないですか。じわっともきてません。それに泣くにしても男の人の前では、泣かないって決めてるんです」

本当は鼻の奥がつんとしていたが、宇佐美の前で涙を見せたくなかった。

「強がる女だ……」と言って宇佐美はハンカチをしまう。

そこに近くで遊んでいた男の子が来て、宇佐美の尻を思いっきりつねった。爆笑して駆けていく。

「てめぇ、いてぇなこの野郎」宇佐美は本気で声をあげて追いかけていった。

＊

翌朝、会社に着いたものの、ドアの前で立ち止まってしまう。もう自分の居場所がないような気がしてオフィスのドアを開けるのが怖かった。

「あ、麻衣子」そこに加奈が来る。

「金曜日はごめん。接待、途中で抜け出しちゃって」

「いいのよ。わたしだってセクハラにうんざりしてたし。麻衣子が言ってくれてすかっとした。

きっと智美だってわかってるわよ」

「ありがとう」加奈まで離れてしまったらどうしよう。そんなふうにも考えていたから、目頭が熱くなった。

「ほら、みんなあんたのこと待ってるわよ」

「うん……」

「何を心配してんのよ。接待のことなら、部長がうまくやってくれたから大丈夫よ」

「え？」

「あんたが接待を出ていったあと、空気が凍りついたんだけど、突然、タキシード姿の部長が入ってきてマジックやり始めたのよ」加奈が高揚した顔で話す。「それで胸から鳩出したり、催眠術で智美を鳩にしたりで、大盛り上がり。智美なんてずっとポッポ言ってて、駅で本物の鳩と喧嘩してたんだから。だから心配しないで、いつもどおりにしていればいいのよ」

「部長が……」

「そう、わたしたちの部長が」そう言って加奈が背中を軽く押した。

いったいなんのつもりなんだろう。助けてくれようとしたのだろうか。昨日もいつもと雰囲気が違った。もしかしたら口が悪いだけで、本当は部下思いのいい上司なのか。

オフィスに入ると、段ボールを持った涼がいた。

「あ、麻衣子さん。新しいサーバーが来ましたよ。設置しておきましょうか。やっぱり自分でやります？」

「あ、ううん……。任せる」

そこに智美がやってきた。

「麻衣子さん、見てくださいこれ。先ほど、プログラムのデバッグを三回ほど実施したところ、完璧な動きをしております。エミュレーターの機嫌が嘘のように好調でして……」タブレットを持って小躍りしている。

宇佐美は一番奥で、仰け反って英字新聞を読んでいたが、思い出したかのように鏡に向かって決め顔をつくり髪型を気にしている。

いつも見ている風景なのに、今日はなんだかうれしくなった。身近なところにこんな居場所があることに今まで気づかなかった。

その日から、新しい気持ちになってプロジェクトにとりかかった。

今までは、完璧を追い求めすぎて全て一人でやろうとしていたのかもしれない。任せてもよさそうなことは、加奈たちやスタッフにお願いするべきだった。そうしたほうがやる気が出るみたいで頑張ってくれた。

そのせいか、どう考えても終わらないだろうと思っていたものが、不思議なもので間に合った。

そして納期の日、麻衣子は完成したウェブサイトをデモンストレーションするためにクライアントに向かった。

先方は重役が揃って緊張したが、デモは好評だった。これで山蓉商事のドレスを販売できる。あとはショーを成功させればいい。

会議室を出るとき、麻衣子は専務と目が合って、頭を下げた。

「先日は大変失礼いたしました」

「もういいよ。そのことは。こっちも悪かったから」専務がぞんざいに言う。

麻衣子は頭を上げると専務が口を開いた。

「なんて言ったけ、君の上司は？」

「宇佐美ですか？」

「そう、宇佐美君。彼に言われたんだ。わたしの部下を大切にしてやってください、よろしくお願いしますって。それで、道端でずっと頭を下げられてね。いやあ参ったよ」専務が頭を掻く。

宇佐美はそんなことまでしていたのか。

「我々としては、君のところに頼まなくてもいいいんだ。とにかく最後まで失敗させないでよ」背中を向け小さく手を上げて去っていった。


会社に戻ったあと、デモで使ったプロジェクターをしまうため加奈と地下の倉庫に向かった。

地下の廊下は、いつも煙草のにおいがこもっていた。倉庫の端に追いやられた喫煙所が、煙草をやめられない人たちのたまり場になっているからだ。

「大変だっただろう。広瀬のチームは」喫煙所のほうから男の声がした。

「昨日まで徹夜で寝てないっすよ」

次に聞こえてきたのは勇太の声だ。思わず息を飲む。

「でも、君、広瀬とできてるんだろう。この前、遅い時間に一緒に歩いてるの見たぞ」

「え、本当ですか……」

「いいなあ、色男は。そうやって仕事がとれるんだから」

「でも、めんどくさいことになりそうなんで、切りましたよ」

男たちの笑い声が廊下に響く。

「勇太さんひどいなあ」

今度は女の声だ。

「それにしても、ああはなりたくないですよね。あの歳で自分はいい女とか思ってそうで……」

「あいつら……」加奈が舌打ちする。「わたし、ちょっと言ってくる」加奈が喫煙所に向かおうとした。

麻衣子は咄嗟に腕を掴んで加奈を止めた。

「いいよ」

「でも……」

「いいから」笑顔で首を振った。もう勇太に未練もなく、責めるつもりもない。淋しくなって勇太に頼ってしまったのは自分だ。

オフィスに戻りデスクワークをしていると、喫煙所から勇太が戻ってきた。素知らぬ顔で入ってくる。

「あ、勇太」麻衣子から話しかけた。

「おう、おかえり。もう帰ってきたの……。で、どうだった？　デモは」

「勇太ががんばってくれたおかげで大好評。またお願いしたいって言われちゃった。またバンバン仕事持ってくるから、次も頼むわよ」そう言って尻を叩いた。

「あっ、おう……」勇太は間の抜けた返事をする。

これでいい。麻衣子は自分に言った。憎まれようが馬鹿にされようが、三十五歳だろうが、未婚だろうが、わたしはわたしの生き方をするまでだ。

「麻衣子、いまわたしちょっと感動した」隣で加奈がつぶやいた。

「何がよ」

「あんたみたいな友達がいてよかった。あんたはやっぱり男の中の男」なぜか、涙を浮かべている。

「男じゃないって言ってるでしょう」


「おつかれさま」智美に言うと、オフィスに一人になった。沈みかけた夕日がブラインドの隙間から光を差しこんでいた。

やっと一段落ついた……。口の中でつぶやくと、張りつめていたものがなくなり体が軽くなった気がした。

今回のプロジェクトは今までで一番きつかったかもしれない。航平と別れたり、恋愛がうまくいかなかったりと、精神的に不安定なときにクライアントのわがままも重なった。

だけど、いろんな人の協力があってなんとかここまでこれた。もしそれがなかったら、どうなるかわからなかった。

コーヒーカップに手を伸ばしたが、指先に力が入らず、うまく掴めなかった。もはや仕事をやり遂げた解放感を味わう余裕もなかった。大きく息をつき、背もたれに体をあずけた。

「どこまでもー、限りなくー」

そこに鼻唄を歌いながら宇佐美が入ってきた。デスクにバッグを置き、ジャケットを脱いだ。

「あ、部長。先ほど、山蓉商事の納品が無事終わりました」

麻衣子は宇佐美のデスクまで行って報告した。

「わたしのミスを助けていただいてありがとうございました」頭を下げた。「わたし、今回のことで管理職をすることがどういうことか少しわかった気がします」

「そうか」宇佐美は短く返し、ハンガーにジャケットをかけて背中を見せた。薄らと隆起する肩の線がシャツに浮いていた。それを見てたら、抑えていたものがはじけた。

「それと、一つお願いがあるんですけど……」

「なんだ」

「やっぱり、泣いてもいいですか」

宇佐美は少し間を空けてから「ああ」とうなずいた。

麻衣子は宇佐美の胸に頭をあずけた。

男の前では泣かないって決めていた。でも宇佐美はゲイだからいいや。そういいわけした。

08

「マイちゃんだってつらいんだよぉ」

あぁ、まずい。また飲みすぎた――。プロジェクトの難関を乗り超え、あとはショーの準備にとりかかるだけになり、気が緩んでしまった。打ち上げ会場のレストランから出ると、地面が揺れて、倒れそうになり、近くにあった硬いものにつかまった。

「あーあ、今日は一段とひどいわ……。また送って帰んなきゃ」

少し離れたところにあきれ顔の加奈がいる。

「今日は送ってくの誰の番だっけ？　前回は涼君だったから、今日は智美か」

「そのローテーション、わたくしをはずしていただけませんか」智美が顔をしかめる。

「どうしてよ」

「去年の打ち上げで、帰りのタクシーで麻衣子さんに唇を奪われたんです」

「わたしだってキスくらいされたわよ」

「加奈さんのキスとわたしのキスは違うんです」

「は？　どういう意味よ」

「二十七年間守ってきたファーストキスだったんですよ。それを酔っ払った麻衣子さんのグロスまみれの唇に無理やり奪われて……」智美が涙ぐむ。「それがトラウマになって、麻衣子さんと二人でタクシーに乗るのは、わたしの人生において、キスしたのは麻衣子さんだけになるかもしれないという恐怖を呼び起こすことになり……」

懸命に首を振る智美と、あからさまにため息をつく加奈がぼんやり見える。

そこには涼の姿もあった。ウィンドブレーカーのジッパーを閉め、リュックを背負い直す。

「じゃあ、俺、送っていきます」

「え、いいの？　あそこで工事現場の人形に抱きついてる女だよ」

ふと上を見ると、目の前には真っ直ぐ前を見つめる凛々しい顔があった。どうやら、つかまっているのは工事現場にある人形のようだ。赤く光る誘導灯を空に向かって振っている。

「涼君、よくこんな三十半ばの女に付き合えるね。君だったら若い女の子が言い寄ってくるでしょう」

「年齢なんて関係ないじゃないですか。それに、いろんな修羅場をくぐり抜けてきた女の人のほうが、魅力的っすよ」

「どうして修羅場をくぐり抜けたって決めつけるのよ」

「いや、その、なんていうか、そういう顔してるから」

遠くで二人が話しこんでいる。

「もう一件いくぞぉ」

とり残された気がして、二人のもとへ歩き出したが、うまく足が進まない。工事の人形がコートにひっかかって引きずっていた。やっぱりわたし酔ってる――。

「どうして、工事の人形を連れた女が、もう一件行けるのよ。そんなの連れて店入ったら、どんだけ男に困ってるのって心配されるわよ」

「じゃあ、俺、送っていきますね」

「ごめんね、いつもお願いしちゃって。来週、麻衣子に焼肉でもおごってもらいな」

「そうします。じゃあ、俺、麻衣子さん運ぶんで、タクシー止めてもらえますか」

次の瞬間、すっと体が軽くなった。視界の全てが星空になる。涼が抱きあげてくれたようだ。

「本当にいい子だね、君は。うちの旦那と代わってほしいわ」

タクシーに乗せられ、シートにもたれる。窓の外に見慣れた東京の景色が流れた。もう遅いからか、景気が悪いからか、ほとんどの店は閉まっている。しだいに意識が薄れていく。

隣には涼がいた。大きな目でこっちを見ている。あごのラインがシャープで、黒髪の短髪もわたしの好みだ。君はかっこいいね。心の中で話しかける。

「こんなときに、あれなんですけど……」

意識の片隅で涼の声が聞こえた。

「麻衣子さん、好きです」


「はっ」

朝起きて、思わず声をあげてしまった。毛布の端から誰かの後頭部が見えたからだ。隣に誰か寝てる――。

ここはどこだ。って、うちだ。わたしは誰。って、わたしはわたし。

毛布をほんの少しめくると隣の男は服を着てなかった。というか、わたしも裸だ。

あー、やっちまった。それだけはやめようと心に誓ってきたことを、三十五歳でとうとう破ってしまった。

いまどき、昼ドラでもこんな展開はない。

麻衣子は寝ている男の横顔をそっと覗いた。涼だ。涼を家に連れこんでしまった。

どうしてこんなことになったんだ。麻衣子は痛む頭を抱えた。

打ち上げに行ったところまでは覚えてる。そうだ、飲みすぎて記憶をなくしたんだ。なんて進歩のない女なんだ、わたしは。

涼が毛布の中で動いた。ああ、このあとどうしたらいい？　涼が起きたとき、どんな顔をすればいいんだ？　とにかく、まずは下着だ。そのあと化粧を落として、化粧をして……。頭が混乱したまま、下着だけつけて洗面台に向かった。

「ひゃっ」

化粧を落とし、顔を上げると、寝癖をつけた涼が鏡の中にいた。

「おはようございます」

「お、おはようございます」なぜか、よそよそしい挨拶が口から出た。「シャワー浴びるから、君は適当にテレビでも見てて」動揺を悟られないように、大人の女を演じると、涼は「あ、はい」と戻っていった。

あぁ、しまった――。すっぴんを見られた。やっぱり歳だなと思われただろうか。

動揺しているわたしとは反対に、涼はソファーに座ってテレビを見ていた。ときどき笑い声すらあげている。若いって気楽なもんだ。

シャワーを浴びたあと、麻衣子は朝食をつくるため料理にとりかかった。

男は凝ったものよりも、ベタな家庭料理が好きだ。いつだったか宇佐美がそんなようなことを言っていた。動揺しているせいで、宇佐美の教えに頼ってしまう。

涼は麻衣子がつくった生姜焼きとご飯をあっという間に平らげ、空いた茶碗を差し出す。

「おかわり、もらっていいですか」

「うん。もちろん」

食べっぷりがいい。そりゃあそうだ。まだ二十五の男子だ。

「もうすぐトライアウトだから、体をつくらなきゃいけないんすよ」

麻衣子はTシャツ姿の涼を改めて眺めた。スポーツ選手だけあって腕のラインが、普通の人とは違う。昨日、わたしはそれに抱かれていたのか。つい見入ってしまう。

「どうしたんですか、麻衣子さん」

「え、いや、なんでもない」麻衣子は首を振り、「いつも仕事終わってから練習なんて大変でしょう」と聞いた。

「大変ですけど、人生がかかってますからね。早くプロになって一人前にならないと」涼は卵焼きに手を伸ばす。「そういえば、麻衣子さんって部長と付き合ってるんですか」

味噌汁が変なところに入った。

「急に変なこと言うのやめてよ。咽《むせ》ちゃったじゃない」

「麻衣子さんって部長と仲いいから。てっきり付き合ってるのかと思ってましたよ」

「そんなわけないじゃない。どうしてわたしが……」

言葉の途中で涼に抱きしめられた。

若い男のにおいがする。いやらしい意味じゃなくて、森林の中にいるようなにおいだ。頬に触れる肌は水々しく張りがあって、少し嫉妬してしまう。

「麻衣子さん、俺が昨日言ったこと覚えてます？」

「あ、うん……。なんとなく」

「俺、前から麻衣子さんのこと好きでした。麻衣子さんから見たらただの若造かもしれませんけど、麻衣子さんにふさわしい男になれるように仕事もバスケもがんばります。だから俺と付き合ってください」

「でもほら、部長のせいで、わたしには今すぐにでも結婚しなきゃいけないっていう仕事もあるから……」

「知ってます。それも含めて麻衣子さんと付き合いたいんです」

涼がまっすぐな目を向ける。

わたしは涼が好きなのか――。麻衣子は自分に聞いてみた。

いままでは、頑張ってる男の子を応援しているような気持ちで見ていて、恋愛の対象として見ていなかった。ただ、好きと言われて舞い上がる気持ちがないわけではない。

いやいや、そんなことより問題は歳の差だ。涼が三十のときわたしは四十だ。まわりに言われるだろうな。うまく年下の男をひっかけた、わたしが養ってるって。それに、きっと恋愛に対するスタンスも違う。三十五歳の女にとっては最後の恋になるかもしれないのに、二十五歳の男子にとっては、これから訪れるたくさんの恋の一つにすぎない。若くてかわいい女の子が現れたらあっさりそっちへ行ってしまいそうだ。

抱きしめられながら、ついネガティブなことばかり考えてしまう。

「すいません。食事中に」涼が手を離して、照れくさそうな顔をした。

「あ、ううん。大丈夫」冷静を装って、麻衣子は首を振った。

涼は時計に目をやる。

「やばい。もうこんな時間だ。練習行かなきゃ」

「あ、わたしもヨガの時間だ」

そう言って一緒に笑った。

涼はいつものリュックを背負い、玄関で靴紐を結ぶ。

「じゃあ、俺たち付き合ってるってことで」

それだけ残して行ってしまう。

「軽いなあ」麻衣子は誰もいなくなった部屋でつぶやいた。

＊

その週末、加奈とノリちゃんのバーに行った。宇佐美も一緒だ。宇佐美にこの前のお礼をするためだ。

しかも加奈の話だと、マスターのノリちゃんはその人を見れば、ノンケかどうかわかるという。

宇佐美はきっと自分からは言いだしづらいと思い、ここに連れてきたのだ。もし本当にそうなら、マネージャーとして職場の環境も考えてあげたい。

店に入るとノリちゃんが、「いらっしゃいませぇ」とダミ声を伸ばした。

宇佐美はスツールに座ると、わざわざウィスキーのグラスを用意してもらい、丸く削った氷に炭酸水を注ぐ。相変わらずファッションが奇抜で、派手なTシャツに柄のジャケットを着ていた。

「お前、結婚できるのか。約束まであと二か月だぞ」

「絶対無理ですよ。あと二か月で結婚なんて……」

「でも、部長。麻衣子はすごく年下のイケメンの彼氏ができたんですよ」加奈が口を挟む。

「加奈」麻衣子はそれを止めた。

「いいじゃない。どっちにしろ、部長も知ることになるんだからさ」

宇佐美は眉間にしわを寄せる。

「お前、そうなのか」

「ええ、まあ……。でも、その彼、普通にモテそうだし、年上のわたしと本気で付き合ってるかもわからないんです。だから結婚なんてかなり難しいと思います」麻衣子は言葉を濁しながら言った。

「たしかにお前のように市場価値が低く、圧倒的に不利な女が年下男を結婚に向かわせるのはハイリスクな選択だ。だが、今日はエグゼクティブクラスの俺が、市場価値が高い若い女たちとの戦いを制し、年下男を短期間で結婚まで持ちこむ方法を特別に教えてやろう」

「そんな方法あるんですか」

「ああ。ある」

宇佐美はロックグラスに入った炭酸水を飲み干し、「効くな、これ」という顔をしてから口を開く。

「まず、お前に問題を出そう。お前がいまから新規で高級ラグジュアリーブランドを立ち上げて、ブランド品を売ってビジネスするとしたら、どんな戦略を立てる？　経営者になったつもりで答えろ」

「なんですか、突然」

「いいから、答えろ！」宇佐美が声を荒げる。「ちなみに、この市場はルイ・ヴィトンやエルメス、ありとあらゆる老舗高級ブランドが幅をきかせている。新規参入の余地はほとんどない」

「うーん、そうですね……。まずは品質だと思うので、いいデザイナーと職人をつれてきて、いい商品をつくります」面倒だなと思いつつも、麻衣子は答えた。

「それで」

「有名人と同じものを持ちたいという消費者心理を利用して、影響力のある女優やアーティストに着てもらいメディアにとりあげてもらうようにします」

「どうやって着てもらうんだ？」

「プレゼントしたり、パーティーに呼んだりして使ってもらいますね。それで拡散されることを狙います」

「甘いな。そんなことはすでにどのブランドもやってるんだ。だからお前は俺のようなエグゼクティブにはなれないんだよ」

「じゃあ、どうすればいいんですか」麻衣子はいらっとして聞き返した。

「圧倒的に不利な後発の弱者が、強者に勝つためには局地戦に持ち込むしかない」

「局地戦ですか……」

「そうだ。ジミーチュウのように戦うべき場所を見極めるんだ」

宇佐美はそう言うと、突然「お、紐がほどけたか」と足を引き上げ、スニーカーの紐を結んだ。ジミーチュウの流通していないモデルだった。

麻衣子がつい羨ましがった顔をしてしまうと、宇佐美がしたり顔をしてから話を続ける。

「ルイ・ヴィトンもエルメスも創業百五十年以上の老舗ブランドだ。だが、ジミーチュウの創業は一九九六年とかなり若い。そして、主力の靴には、クリスチャンルブタン、マノロブラニクなど、大御所ブランドがいて、商品力だけで差別化するのは難しい。そこでジミーチュウはアカデミー賞でセレブたちにジミーチュウの靴を履かせることを考えた。だが、さっきも言ったとおり、そんなことはすでにどこのブランドもやっている。そこでジミーチュウはアカデミー賞の受賞期間中、女優たちが泊まるスイートルームを貸し切って、そこに白い靴を大量に持ちこんだんだ」

「それでどうしたんですか?」

「その場で女優のドレスに合う色に染めて、プレゼントしたんだよ。サイズが合わなかったらカスタマイズもした。そのおかげで、アカデミー賞のレッドカーペットで女優たちにジミーチュウを履いてもらえて、短期間でブランドの地位を上げたんだ」

「そこまでするんですか……」

「ああ。弱者はな、勝敗を大きくわける急所を見つけて、そこを全力で攻めて、局地的に勝つんだ。この戦略が有効なのは歴史を見ても明らか。桶狭間で圧倒的少数の織田が今川を破ったのも局地戦だし、ナポレオンがヨーロッパで勢力を拡大したのも、自軍が有利な場所を選んで戦ったからだ。だからお前も局地戦に持ちこめ」

「それって何をするんですか」麻衣子は顔をしかめてから聞いた。

「ジミー・チュウがスイートルームを貸し切ったように、お前は同棲に持ちこんで、向こうの家を引き払わせるんだ。そして、完璧な衣食住のホスピタリティーを提供してぬるま湯に嵌める。抜け出せなくなったところで『○○さま、この先はご契約が必要になります』と交渉に入ればいい。お前の唯一の強みである『家賃無料』というサービスを全面に押し出す戦略だ」

唯一の強みが家賃だと――。相変わらずこいつは口が悪い。頭に血が昇ってしまう。

「それってもしかして、ご飯つくったりお布団敷いたりして、お母さんみたいなことをしろってことですか」

「ああ、そうだ」

「いやですよ、そんなの」

「わがまま言ってんじゃねぇ。お前に依存させれば男は新しい女を見つけるよりも、お前という損失を避けるようになる。プロスペクト理論っていうんだよ。うちの会社がつくってる携帯ゲームだってそうだろう。『入会無料』『今なら期間限定のプレミアムアイテムプレゼント』と入会させる。ユーザーがはまったところで『○○さまにオススメのアイテムがあります』と課金させる。いきなり契約させるよりも、一度、サービスを使わせたほうが契約しやすくなるんだよ」

「だからっていやですよ。そんな母親みたいな関係になるのは」

「男は全員マザコンだってフロイトも言ってるんだ。しかも若いやつならなおさらだろう」

「男が全員マザコンだったら部長だってマザコンじゃないんですか」

「俺がマザコンなわけないだろう。高校のときから自立してた」

「本当はいまだにお母さんお母さんって言って、べったりなんじゃないですか」

「そんなわけあるか。高校のときから一人暮らしだ。母親とはしばらく会話もしてない」

宇佐美が席を立ち、「とにかく、あと二か月で結婚できなかったらクビだからな」と残して、奥でダーツを始めた。

「まったく……」お礼をするつもりで来たが、また言い合ってしまった。

宇佐美がいなくなったところで、カウンターからノリちゃんが身を乗り出した。

「ねぇ、わたしずっと宇佐ちゃんのこと見てたけど、宇佐ちゃんはゲイじゃないわよ。たしかにムキムキマッチョで、魅力的だけど……」加奈との間に入り小声でささやく。

「え、なんでわかるの？」

「目を見ればわかるのよ」

「目がどう違うのよ」

「説明できないけど、わたしたちが見れば、ノンケかどうかは一発でわかる」

「でも、無駄に体を鍛えてるし、いつもぴちぴちの服を着てるし、服にものすごく気遣ってる」

「それは、ただの変わり者」

ただの変わり者って。赤ワインを吹き出しそうになった。

それにしても、智美のせいで余計な心配をしてしまった。まったくあの子は――。智美にそのことをメッセージで送ると、《失礼しました。まさか二次元の世界と同一人物がいるとは……》とメッセージが返ってきた。

「でも、素敵よね。宇佐ちゃん」

ノリちゃんが宇佐美のほうを見つめていた。目がハートになっている。

「今度、わたしの煮込みハンバーグつくっちゃおうかしら」

「煮込みハンバーグ？」

「うん。あれで男はだいたい落ちるのよ。そうだ。麻衣子の年下の彼氏にもつくって持ってってあげる」

「ありがとう、助かる。彼、バスケの選手だから食欲がすごくてさ」

「えー、バスケの選手なの？」ノリちゃんが頬を手でおさえる。「じゃあ、あっちもすごいんじゃないの」

麻衣子が苦笑いをする。「どうだろうね……」

「きゃー。麻衣子お下劣ぅ。リバウンドぉ」わけのわからないことを口走りながらカウンターの奥に入っていく。

そのとき、店に誰か入ってきた。入口のほうを見ると知ってる顔だった。千春だ。

「あ、加奈たち来てたんだ」

普通のトレンチコートにゆったりしたシャツワンピで、ヒールは低かった。また千春らしからぬ地味な服装だった。

「麻衣子、年下と付き合ってるんだって」

カウンターに重そうなバッグを置きながら言った。出てきたスパークリングワインをミネラルウォーターのように飲み干す。

「気をつけなよ。年下はリスクが大きすぎる」千春が鼻にしわを寄せる。

「どうしてよ」

「ほら、わたし年下のミュージシャンと付き合ってたじゃない。ずっと、うちで同棲して、いろいろ尽くしてたんだけどさ、メジャーデビューが決まった瞬間に、他に女をつくって家出て行った」

「え、そうなの？」

「うん」千春が二杯目を勢いよく傾けた。「別れるとき、俺は若くてかわいい女と付き合うために音楽をやってきたって、そんな捨て台詞まで吐かれてさ。今の若い子って、将来に希望が持てない時代じゃない。だから、イケメンの男の子は年上の金持ってそうな女に甘えようとするの。そういうキャバ嬢みたいな男が増えてる。もちろん、麻衣子の彼がそうとは思わないけどさ、年下を育てる付き合いっていうのは、成功しなかったら不安定だし、成功したら捨てられんのよ。二十歳そこそこの男なんていつ結婚したっていいしね」

一気に不安になる。元カレの航平も若い女を連れて出て行ってしまった。涼なんて若いだけじゃなくて軽い。時間がたったら、気持ちが冷めてしまっても何も不思議ではない。

「やめてよ、千春。せっかく麻衣子が結婚に前向きになってきたんだから」加奈が目を吊り上げる。

「ごめん。なんか、最近調子悪くてさ。仕事もプライベートも……」と千春が気まずそうにグラスをいじった。「ごめん。やっぱわたし今日は帰るわ。明日も早いし……」

千春がバッグを肩にかける。

「でも、麻衣子。もし本気で結婚を考えてるんだったら、年下との恋愛は気をつけてね」そう残して帰っていった。

「結婚か……」麻衣子は千春の背中を見ながらつぶやいた。

やっとできた彼氏は若く、千春の言うとおりこの先どうなるかわからない。そもそも、婚活はうまくいかなかった。いまだって、仕事を続けたいと思っているし、夢だって叶えたい。やりたいことがたくさんあって、毎日時間が足りなくて困ってる。結局、悩みが最初とあまり変わってない。

「深く考えないでいいのよ。なんとかなるって」

そう言って加奈が肩を叩いた。

「ねぇ、加奈はさ、結婚してよかったと思う?」

「どうしたのよ?」

「ほら、親は結婚を期待するし、結婚してないとまわりは残念な目で見てくるじゃない。でも、結婚したらしたで、自由はなくなるし、いろんな面倒なことがおきそうで。結婚なんてしなくてもいいかな、なんてことをいまだに思ってる……」

「そりゃあ、旦那とはたくさん喧嘩もするし、なんのために髭を生やした子供みたいのと一緒に住まなきゃいけないのって思うこともある。だけど、いやなことあって帰ったときに笑わせてくれるし、本当に困ったときは支えてくれる。わたしも、この人とずっと一緒にやっていくんだから、しっかりしなきゃって思う。責任感が湧くの。自由は減ったけど、制度に縛られるのも悪くないって今は思える」

「なるほどね……」

「まあ、これはわたしの価値観だから、最終的に麻衣子が結婚しないならしないでいいと思う。でもさ……」

加奈はそう言ったきり黙り、グラスを見つめる。

「どうしたの」

麻衣子が覗きこむと、加奈がロックグラスを口に運び、少し乱暴に置いた。

「わたし、不妊治療やめることにしたんだ……」

「えっ？」

「前に体外受精するって言ったじゃない。何回かがんばっただけど、うまくいかなくてさ。結局、数百万がパー。心も体もボロボロ……。だから、もうやめることにした……」

神様もひどいよな。どうして加奈に産ませてやらないんだ。こんなに気立てがよくて、バイタリティがあるんだ。絶対まっすぐな子供を育てる。今すぐ神様のところへ行ってクレームを言ってやりたい。

そしてこの問題は他人事ではない。考えないようにしていたが、宇佐美に言われた結婚のリミットだけでなく、出産のリミットだってある。

加奈が肩に頭をのせてきたので、撫でてやった。少し髪が細くなったように感じた。

「だからさ、麻衣子が結婚しないならしないでいいと思う。ただ、子供のこともあるから、今は結婚のことを考えといたほうがいいと思うの。それが年下のイマドキ君でもさ……」

本気で思ってくれているのがわかった。胸が熱くなってくる。

「加奈、ありがとう。わたし結婚にもう一度向き合ってみる」

「それがいいって。きっと部長も麻衣子を結婚に向き合わせて、何か気づかせるためにこんなことやらせてるんだと思う」

「え、部長が？」

「うん……。実は前にね、不妊治療で休みがちになるかもしれないから、思い切って部長に話したの。そしたら勤務時間とか、家で仕事できるようにとかいろいろと配慮してくれた。だから麻衣子のコラムも、ただ面白がってやらせてるわけじゃないと思う」

「まさか……。部長がそこまで考えてんのかな」

横目でダーツをやっている宇佐美を見た。コーラを片手に、「俺が先にやってた」と他の客と矢を取り合っていた。

09

「涼君。この見積書間違ってる。仕様書も作り直して」

あの日以来、涼が泊まりにくるようになった。でも、会社では今までどおり上司として接した。付き合っていることは加奈と智美にしか話していない。このことが広まったら、麻衣子が若い男を騙した。まわりがそんなことを言うに決まってるからだ。

「涼くーん。ご飯できたよぉ。今日は涼君の大好きな鯖の味噌煮だよぉ」

ただ、家ではつい世話焼きの恋人のように接してしまう。バスケの練習を見に行って、汗を流している姿を見たら放っておけなくなったからだ。

航平は同い年で会社員ということもあり、お互いを比べてしまうところがあった。実際、年収や役職の差を気にしていた。

だが、涼には競うところがない。今の子の特徴なのか、男はこうあるべき、女はこうあるべき、というのがないのだ。両親も共働きで、男が仕事、女は家事という感覚もない。

そして、涼は毎日のように麻衣子を求めた。若いからか、スポーツ選手だからか一晩で何度も求めてくる。胸板の曲線を感じながら抱かれるのは快感だった。

女性ホルモンが出てるせいか、最近、肌の調子がいい気がする。会社の子には「麻衣子さん彼氏でもできたんですか」と言われ、ドキッとした。

十も下の男と付き合ってもうまくいくはずがないと思っていた。けれど、こんないいことがあるのかと気づかされた。クライアントの無茶な要求にいちいち苛立つことがなくなり、いろんなことを受け流せるようになった。

そのうち涼がうちに来るのが当たり前になり、時間差で出社するようになった。

涼は入団テストが近いので練習を増やしたいらしく、うちのほうが練習場所の体育館から近いので便利だった。

宇佐美に言われたとおり、家賃がもったいないから、引き払えばと言ってみたら、あっさり承諾し、同棲生活が始まった――。

＊

その日、会社から帰ってきてテレビをつけると、涼が映っていた。そういえばテレビ局に取材されるって前に言っていた。今日はその番組の放送日だったようだ。

本人は練習から帰ってこないので、録画しながら一人で観ることにした。

それはアスリートの過酷な世界を描いたドキュメンタリー番組だった。

涼は能山高校という強豪校のスター選手だったらしく、映像では、女の子たちがキャーキャー言っていた。こんなに有名な選手だったのか。

涼と同世代の選手たちは、みな「天才」とか「彼に認められたかった」と口を揃えた。怪我でプレーできない日が続いたが、今は完治し、今年のトライアウトでプロ入りが期待されているという。

放送のあと、ついネットで涼のことを検索してしまう。涼がかっこいいとか、がんばってくださいとか、そんなコメントがたくさん出てきた。もちろんほとんどが女子だった。

その日の夜は、ベッドに入っても胸騒ぎがして、なかなか眠りにつけなかった。


翌日、不安は現実になった。会社に行くと、涼の席に女たちが集まっていたのだ。

「涼君、昨日テレビ観たよ」

「次はいつ試合があるの」

涼にそんな声がかけられていた。これだけネットが普及してもテレビの力は大きいらしい。しかも、涼の人気はうちの部署だけにとどまらなかった。

「昨日、テレビにうちの会社の子映ってたよね、涼君って言うんだっけ」

会議に向かう途中、廊下を歩いていると給湯室から女の子の声が聞こえてきた。つい立ち止まってしまう。

「わたしね、高校のとき女バスだったんだけど、涼君って女子高生の間ですごい人気だった。わたしもファンで、リストバンドに名前を刺繍して、東京まで応援しに行ったもん」

「あんた、それやばいじゃん」

「それくらい、かっこよかったの」

「えー、じゃあ、ちょっと飲み会でも誘ってみる?」

「どうやって誘うのよ」

「昔からファンでしたって、言ってみれば。リストバンド見せてさ」

「やだぁ」

女子たちが盛り上がるにつれ、気持ちがそわそわしてきた。

どうしよう。涼があの子たちと飲み会に行ってしまったら。飲んだ勢いで、そのまま、どうにかなってしまうこともあるかもしれない。二十歳そこそこの男女なんて、いつそういうことが起きてもおかしくない年齢だ。

「何やってんだ、お前」

「わっ」宇佐美の声で体がびくっとして、我に返る。気づいたら給湯室の会話に聞き耳を立てていた。

「会議だろ、遅れるぞ」

そうだ、わたしは次の会議に向かっていたのだ。

「すみません」と言って廊下を小走りで駆けた。


「涼くん」

会議が終わりデスクに戻ると、涼に話しかける女がいた。バーベキューに来てたかわいい子だった。すぐに携帯にメッセージが届く。近くにいた智美からだった。

《あの子、わたしの同期で危険人物です》

《どう危険なのよ》麻衣子は涼たちを見ながら短文で返す。

《男を落とすのがライフワークみたいな肉食女子です！　わたしのリサーチによると、営業部の伊藤くんも総務部の田口さんも落ちました。いますぐ麻衣子さんのマネージャーの立場を利用して退けたほうがよいかと進言いたします》

え、肉食女子。その子を見ると、胸が大きく、ぴったりとしたノースリーブのニットがそれを強調していた。二の腕が涼の顔に近づく。あれはきっとあの子の得意技だ。絶対涼を狙っている。

智美からまたメッセージがくる。

《言い忘れました。人事の中川マネージャーも落とされました》

え、中川さんも――。中川さんは去年離婚した。もしかして、あの子が原因なのか。おしりのあたりがすうすうする。

智美の言うとおり、仕事に戻れとでも言おうか。いやだめだ。今は昼休みだ。それに、そんなこと言ったら、涼に近づく女を怒る怖い女上司だと、女子社員たちの噂の的になる。

「次の週末、暇じゃないですか？」女が涼に微笑む。

「え、どうして？」

「わたし、友達とフェスに行くんですよ」

「へー、いいね。どこのフェス行くの」

「ウルティマってイベント、水着で踊れるんですよ。しかも泡も出るし。毎年盛り上がりますよ」

フェス、水着、踊る、泡――。最近の若者はそんなことをしているのか。いやいや関心している場合じゃない。わたしの彼氏が肉食女子の狩りのターゲットになっているのだ。

「××とか××が来て、超盛り上がるんですよ」その子が知らないアーティストの名前を並べる。

「えー、じゃあ、EDMが中心なんだ。超盛り上がるじゃん」

うー、だめだ。何を言ってるのかさっぱりわからん。わたしの携帯のミュージックリストは二〇〇〇年代で止まったままだ。

そこに、宇佐美がフロアに戻ってきた。

「どこまでもー」と携帯からグローブの曲が鳴り、「どうも宇佐美でございますー」と腰を低くして電話に出る。

麻衣子は肩を落とした。きっと、わたしの趣味は涼たちより宇佐美に近い。改めて涼との歳の差を感じる。

あの子とわたしのどっちが彼女ですか、というクイズを出したら、きっとほとんどがあの子と答えるだろう。

この前、美容皮膚科で勧められた注射をやろうか。あれ、高いんだよな。しかも一度打ったら、打ち続けなければならない。ついそんなことまで考えてしまう。

「ねぇ、行こうよ」

今度は女が涼の腕をとり、胸に当てて揺らし始めた。

「うーん。行きたいんだけど、俺、今週末は練習だから」

ふぅ。麻衣子はひとつ息を吐いて額の汗を拭った。涼が誘いを断ってくれて、少し気持ちが落ち着く。

「えー、残念」女が頬を膨らませた。「彼女でもいるんですか」

えっ。会話の展開に体が固まる。手に力が入り、握っていたマウスの割れる音がした。横目で智美を見たら、キーボードを叩く手が止まっていた。いったい涼はなんて返すのか。唾を飲みこむ。

「いるよ。彼女」

「えー、どんな人なんですか」

「すごく頼れる人だよ」

わたしは頼れる人か――。その返答にどう思っていいかわからなかった。

「でも、いいじゃないですか、みんなでワイワイするだけだから」

「まあ、そうだね。考えとく」涼が笑顔を向ける。

「じゃあ連絡先教えてください」女が携帯を取り出した。

「ああ、うん」と涼も携帯を取り出す。

交換するのか。なんだか面白くなかった。「麻衣子さんと付き合ってるんだ」とでも言ってくれないだろうか。でも、会社では言わないでくれと言ったのはこっちだ。連絡先の交換くらいしかたがないか。

ふと時計を見てはっとした。まずい。もうイベント会社とショーの会場を下見に行く時間だ。あわててバッグに携帯と資料を突っこむ。

まさか、この歳になって社内恋愛で心が翻弄されるとは。


麻衣子は家に帰ってからパソコンに向かい、いまの気持ちをコラムに綴ることにした。

人を好きになるということは、嫉妬したり疑ったりすることだ。しばらく恋愛から遠ざかっていたからそんなことを忘れていた。

だけど、今はそんな気持ちと向き合う体力も気力もない。

心の中で処理したいのに、それができない。妙にやきもきする。これから毎日、こんな気持ちにさせられるかと思うと、気が重くなる。

そのとき、携帯にメッセージが届いた。宇佐美からだ。

《あと一か月半だからな》

そうだ。わたしには結婚へのリミットもある。

携帯には留守電も入っていた。母からだった。メッセージを再生すると、お見合いの話があるらしく、相手に会うだけ会ってほしいと、懇願された。

母とは、病院で言い合ったきり話していない。いま思えば結構ひどい言葉を投げかけてしまった。しっかり向き合わなければと思っているのに、それができないままだ。

麻衣子は携帯を置いてため息をついた。

涼は覚えているのだろうか。自分で結婚のことも考えていると言ったこと。あれ以来、結婚のことを口にしたことはない。

思い切って結婚のことを話してみるか。

親に会わせてくれとか、うちの親に会ってくれとか、式場見るだけ見てみないとか。結婚して、それが知れ渡れば、涼に女の子が寄ってくることはなくなる。

いやだめだめ。絶対重いと思われる。そんなことを言う三十五歳の女と付き合うくらいなら、会社の女子たちと気楽に付き合ったほうがいいはず。

麻衣子はパソコンを閉じて、ソファーにもたれた。結婚を意識すると、こういう気持ちになるのか。世の女たちはこのもやもやを抱えながら、煮え切らない彼氏をプロポーズに仕向けるよう画策しているのだ。

ああ、いったいわたしはどうしたらいいのか。

さりげなく「ゼクシィ」を置いておくことしかできなかった。


夕食の仕度を済ませると涼が練習から帰ってきた。

バッグを置いて、「ああ、今日も疲れた」と、サラダのプチトマトをつまむ。

麻衣子はチキンの煮込みをテーブルに出しながら少し探りを入れてみることにした。

「フェス行くの？」

「え？」

「ほら、今日、隣の部署のかわいい子と話してたじゃない」

「行くわけないじゃん」涼はうれしそうな顔をして言った。「麻衣子という彼女がいながらさ」

「ふーん、でも楽しそうだった」麻衣子は空いた皿を持って立ち上がる。

「あれ、嫉妬してんの？　かわいいなあ。じゃあ、もっと仲良くしちゃおうかな」

こっちの気持ちも考えずに茶化すようなことを言う。

話題を変えようと、麻衣子はリビングに行きテレビをつけ、涼が出ていた番組を再生してあげた。

「ほら、撮っといたよ」

「お、俺じゃん。このころはキレキレだったなあ」涼が食卓から立ち上がりテレビの前に行く。

「プロになったら車でも買うかな。ＢＭかアウディ。それで六本木あたりのタワーマンションにでも引っ越そう」

おいおい、車やマンションの前にやることがあるだろう。

「あとで、じっくり見るよ」

そう言って涼は、バライティ番組にチャンネルを変えた。スウェットパンツに手を入れ、尻を掻きながら、芸人が泥にまみれる姿を見てのんきに笑っている。

しかも、足元を見るとさりげなく用意していたゼクシーを踏んづけていた。

その姿を見てじんわりと顔が熱くなった。ああ、じれったい。やっぱり、わたしはプロポーズを待つことなんてできない。

「涼ってご両親にわたしのこと話してくれた？」つい聞いてしまう。

「え、どうして？」

「なんていうか、一緒に暮らしてるから、そういう人がいるってことをさ」

「あ、うん……」涼が目線を逸らす。

やっぱりそうだ。涼は結婚のことが頭から抜け落ちている。

「前にも言ったけど、わたし結婚しないといけないじゃない。そのこと考えてくれてるのかなあって」なるべく角が立たないように言ったつもりだった。

「もちろん、考えてるって」

声のトーンが急に下がる。

涼はウィンドブレーカーを羽織り、玄関に向かう。

「どこ行くの？」

「ちょっと走ってくる」

ランニングシューズを履いて出ていってしまう。部屋に一人で取り残された。

「あぁ」とつい声を漏らして廊下にへたりこんだ。わたしは何をやっているのか。

まだ、同棲を始めたばかりだろう。いきなり結婚の話なんて重すぎる。自分がいやになった。


結局、涼が帰ってきたのは十二時を回ってからだった。会話を交わさず、ソファーで寝ていた。

やっぱり十も年下の男と結婚しようとするのは無理がある。千春の言うとおり、尽くすだけ尽くして別れることになるのか。

次の日の夕方、涼のことをうまく隠し、年下彼氏との恋愛に翻弄され、結婚を意識した三十五女のもどかしさを原稿にして宇佐美に提出した。

宇佐美は目を通すと、突然立ち上がって「ちょっと、こっち来い」と廊下のはうに向かう。

「なんですか」

「いいから来い！」

声が少し怒っていた。なんだ。別に悪いことはしてないはずだ。涼のことがばれたのか。首を傾げながら廊下に出ると、宇佐美が目を合わせずに言った。

「お前に頼みがある」

「なんですか。頼みって」

「実はな……」

宇佐美の話を聞いて全身の力が抜けた。

母親にお見合いをさせられそうになって、恋人がいると断ったから、恋人のふりをして母親に会ってほしい。それが宇佐美の頼みだった。

「いやですよ、そんなの。絶対ばれますよ」

「練習してうまくやれよ。お前マネージャーだろ」

「マネージャーは関係ないでしょう。それに恋人のふりなんて面倒くさい」

「お前、上司が困ってるのに面倒くさいとはなんだ！」

「だって、面倒くさいじゃないですか！　それにわたし今それどころじゃないんですよ」

「これも結婚するための戦略の一つだ。男の母親にうまく取り入る。母親に気に入られる術を身に付ければ、結婚に向けて大きなアドバンテージになる」

無茶苦茶な理由だ。麻衣子が「お断りします」と答えると、宇佐美が「そうか、残念だなあ」と
わざとらしい言い方をする。

「俺はもともとｖｏｙａｇｅの編集者だっただろう。だからマノロ・ブラニクに知り合いがいるんだよなあ。そいつから流通してないモデルが手に入るんだよ。お前に譲ってやろうかと思ったんだけどなあ……」

うっ、弱いところを突かれた。マノロ・ブラニクは麻衣子が一番好きな靴のブランドだ。一気に気持ちが傾いてしまう。それに、涼のことも行き詰っている。宇佐美に相談したいと思っている自分がいた。

「マノロの靴、約束ですよ」

＊

週末、ホテルのレストランでランチをすることになった。テーブル席で宇佐美と並び、母親が来るのを待った。

「お母様って何をされてる方なんですか」麻衣子は宇佐美に聞いた。

「画廊を経営してて、ホテルやレストランに絵画を卸してる」

宇佐美がその画廊の名前を言った。

「それって有名な画廊じゃないですか」

「まあな」宇佐美は短く答え、ジャケットのポケットに挿したスカーフを整える。宇佐美はボンボンなのか。

「でも、どうしてここまでするんですか。そんなに結婚がいやなんですか」

「いやに決まってるだろう」宇佐美が顔をしかめる。

「どうしてですか」

「結婚なんてな、男にとっては夏休みの宿題と一緒だ。いつかはしなきゃいけないと思ってても、結婚したら妻子を養う義務が生じるし、他の女とも関係が持てなくなる。男にとって結婚していいことなんて一つもないんだよ。だから世の中の男は先延ばしにするんだ」

夏休みの宿題か。男の立場になったらきっとそうなんだろう。自分だってこの歳まで先延ばしにしてきた。しかも涼の夏休みはまだまだ長い。

麻衣子が肩を落とすと、宇佐美がニヤッと笑う。

「お前、男に結婚を迫ったのか」

「え?」

「原稿を読んでわかったよ。どうせ、お前のことだから、部屋にゼクシーでも置いて、いつ親に話してくれんのとか聞いたんだろう」

う、図星だ——。

「でも部長が言ったんですよ。依存したところで契約しろって……」

宇佐美が小馬鹿にしたように笑う。

「お前知ってるか？　ルイ・ヴィトンのグループがエルメスを買収しようとした話を」

麻衣子が首を傾げると宇佐美は胸ポケットからスカーフを出して広げた。エルメスのものだった。

「世界最大のブランドグループのＬＶＭＨ《モエヘネシー・ルイヴィトン》は、ディオール、ブルガリ、フェンディ、セリーヌと数々のブランドを傘下に収めていった。それで次の狙いをとうとうエルメスに定めたんだよ。エルメスはＬＶＭＨと比べて規模が小さい。しかもＬＶＭＨが法律スレスレの方法でエルメス株を買い集めて、エルメスを傘下におさめようとしたんだ」

「それでどうなったんですか？」

「ルイ・ヴィトンが規模を追求する経営をするのに対し、エルメスは職人と文化を重んじる。企業理念の違うエルメスの創業者一族は危機感をもって団結し、フランス政府にも働きかけてそれを退けたんだ」

宇佐美はネクタイを緩め、ナプキン代わりにスカーフを襟元に差しこむ。

「金にものを言わせて、相手を尊重しない敵対的買収は、成功率がかなり低いんだ。結婚だって同じ。一緒に生活をしていく以上、無理やり言うことを聞かせようとしたってうまくいくはずがないだろう」

「じゃあ、どうしたらいいんですか」麻衣子はなげやりに聞いた。

「それは自分で考えるしかない」

「は？　いつもの戦略とかマーケティング理論はないんですか。こんなことに付き合ってるんだから教えてくださいよ」

いつもの調子でそう聞いてしまうと、宇佐美は鼻で笑う。

「お前、マーケティングが大事だからって、プラダがナイロン素材のバッグを出す前に、アンケートをとって市場調査をしたら、あのバッグをつくることができたと思うか？　軽くて暖かい服が欲しいっていうニーズを知ったところで、上着に羽毛を入れたダウンジャケットをつくることができたか？」

麻衣子は首を振った。

「そうだろう。顧客が本当に必要なものは顧客の口からは出てこないんだよ。そもそもマーケティングの手法だけでヒット商品が出せるんだったら、どの会社もヒットを出してるだろ。客が本当に欲しいものを提供したかったら、最後は客に寄り添って自分の頭で死ぬほど考えるしかないんだ。

だから、お前はそいつが何を求めているか、本気で考えてみろ。今一番近くにいるのはお前なんだからな」

そのとき、黒のセットアップを着た女が店に入ってきた。宇佐美の母親のようだ。

「おまたせ」

うわっ。近くで見ると絵に書いたように派手だった。

金髪のボブでサイドは刈り上げている。たぶん服は全部ギャルソンで、ハードなブーツを合わせている。いかにも、アートで上り詰めた女社長といった感じだった。

「この子ね、博人のフィアンセは？」椅子に座りながら、宇佐美の母親は言う。

「ああ」

おい、おい。どうなってるんだ。フィアンセって言った。婚約していることになっているのか。

「博人の母です。いつも息子がお世話になっております」母親は頭を下げた。

「はじめまして。広瀬麻衣子と申します。博人さんとは職場で出会いまして、部下としてもお世話になっております」麻衣子も頭を下げ、あらかじめ打ち合わせておいた内容を話した。

母親は赤ワインを注文したので、麻衣子もそれに倣った。宇佐美は例によってオレンジジュースだ。

ステーキが運ばれてきたところで、母親が宇佐美の顔を見てから口を開く。

「で、あなたたち、いつ結婚するの」

「なかなか博人さんが結婚してくれないんです」

麻衣子が冗談を言うと、テーブルの下で宇佐美が膝をぶつけてきた。すぐさまぶつけ返した。

「母さん、今は結婚という形に縛られなくてもやっていける時代なんだ」

「結婚して家を持つのが男の務めでしょう。するなら早くしなさい」

「母さん頼むからほっといてくれよ。俺には俺の考えがあるんだ」

宇佐美がたじたじになっている。

「この子ね、こう見えてやさしいの。わたし若いうちに旦那と離婚したんだけどね、そしたらこの子、お母さんは俺が守るって、新聞配達のバイトを始めるって言いだしたのよ」

「やめろよ。母さん。そんな昔のこと」宇佐美が顔を赤らめる。

おお、なるほど。いいことを聞いた。今度なんか言われたら、そのネタを使ってやろう。

「麻衣子さん。結婚するんだったらね、わたしはホームに入るから、介護のこととか心配しないでね。それくらいの蓄えはあるから」

「だから母さん。まだ結婚するわけじゃないって」

「あんたは不摂生だから、結婚して誰かに管理してもらわないと長生きできないわよ」母親は宇佐美の皿を見る。「ほら、そのニンジンもちゃんと食べなさい」

「わかったよ。食べるよ」

そう言ったあと、宇佐美がポケットから携帯を出す。「ちょっと失礼」と席を立った。電話がかかってきたようだ。嫌いなニンジンを食べなくて済んだせいで、うれしそうな顔をして入口のほうに向かう。

母親は宇佐美の背中を見て息をもらす。

「うちの子ね、いまだに週に二回は帰ってくる。博人はわたしのカレーが好きだから」

この前は自分はマザコンじゃないと言ってたくせに、十分マザコンじゃないか。

母親があらためてこっちを見る。

「わかってるからね。あなたたちが付き合ってないこと」

「え？」

「それくらい見ればわかるわよ」

「まあ、そんな気はしておりました……」麻衣子はワイングラスを口につける前にテーブルに戻した。

「まったく、あの子は……」

そう言って母親はグラスを傾け赤ワインを口に含む。

「それで、あなたは結婚しないの？」

「えっ、結婚ですか……」突然の質問に戸惑った。「一応、付き合ってる人はいるんですけど、なかなかそういう感じにはならなくて」

「本当は結婚なんてしたくないんじゃないの」

「どうしてそう思うんですか？」

「これだけ長く生きてきたもの。いろんな人に会ってきたから、見ればだいたいどんな人かわかるのよ」

麻衣子は目を伏せた。

「別にしたくないってわけじゃないんですけど、仕事も好きだし、やりたいこともあって、それができなくなると思うと、二の足を踏んでしまう自分もいて……」

「何かをするために何かをあきらめる必要なんてない」宇佐美の母親はステーキをナイフで切りながら言った。「ヴィヴィアン・ウエストウッドもね、階級意識の強いイギリスで、労働者階級の出身だったの。だからデザイナーになるなんて夢のまた夢だった。それなのに女手一つで子供二人育てながら学校で先生をして、夜中に針持ってデザイナーを目指してたんだから。それで今は二十五歳年下の男と結婚した。女はね、仕事だって結婚だってほしいと思ったものは全部手に入れればいいのよ」

宇佐美と同じようなうんちくを話すので、つい笑ってしまう。

「まあでも、博人はああいう性格だから、結婚したほうがいいんだけど」

母親は微笑み返した。ワインを継ぎ足してくれたので、それを喉に通す。日曜の昼からフルボディの赤ワインを飲んだせいで、少し酔ってきた。

ふと携帯を見ると、また母から着信があった。きっと、お見合いをどうするか、返事を聞きたいのだろう。ちゃんと断らないといけないのに、また喧嘩してしまいそうで、それができないでいた。

「やっぱり母親っていうのは、子供には結婚してほしいんでしょうか？」

自分の母と同年代のせいか、ついそんなことを聞いてしまった。

「どうかしたの？」

「いや、実は……」麻衣子はワインをもう一口飲んでから続けた。「わたしの母は、女は結婚しないと幸せになれないと思っているところがあって、それでいつもぶつかっちゃうんです。本当はもっと親孝行して母を喜ばせたいのに、それができないのがずっと心にひっかかってて」

「自分の幸せは自分で決めないとだめよ」母親はステーキを口に運ぶ。「ウエストウッドは本当に貧乏で、トレーラーハウスから節約のために子供たちを歩いて学校まで連れて行ってた。そんな生活を送ってたのに、そのときが幸せだったって言ってるの。わたしだって離婚してあの子を一人で育てたでしょう。大変なときもあったけど、つらいと思ったことは一度もなかった。それはやっぱり自分で生き方を選んだから。あなたも、自分がこういう家で育ったからとか、自分の母親がこう言ってるからという理由で自分の人生を決めたらだめよ。自分の幸せは自分で決めないと決して幸せにはなれない」

「でも、母はいろんなものを犠牲にして育ててくれたから、母を喜ばせたいって気持ちもあるんです」

「お母さまはあなたではないでしょう。あなたの幸せをお母さまが決めることは絶対にできない」

宇佐美の母親はナプキンで口の端を拭く。

「あなたのお母さまだって、あなたに幸せになってほしいだけでしょう。だったら、あなたはこれがわたしの幸せだって自信が持てる自分の幸せを見つけるの。それで、わたしは幸せだと伝える。それで、お母さまにも幸せになってほしいと愛を伝えればいいの。親子だからって黙ってたら何も伝わらない。だから腹を割って思ってることを伝えるのよ」

たしかに、自分の素直な気持ちを話したことはなかった。きっとわたしのことはわかってくれないだろうと、距離をとっていた。

「愛の言葉はね、男のためだけにあるわけじゃないの」母親がそう付け加えた。

そこに宇佐美が戻ってくるのが見えた。

母親は顔を近づけて「もしあなたが、博人をもらってくれるならよろしくね」とささやいた。

食事が終わったあと、あんたの考えてることはお見通しだと、宇佐美は怒られていた。

「てめえ、ちゃんと嘘つけって言っただろう」

二人になった瞬間、宇佐美は声を荒げた。

「しかたないじゃないですか、最初からばれてたんだから」

「もし俺が結婚することになったらどうすんだ」

「早く結婚すればいいじゃないですか。部長の夏休みはとっくに終わってるんですよ。四十五歳で独身なんてイタい人になりますよ」

「は、お前だろ、イタい女は。だいたい、よくあんなときに酒をがぶがぶ飲めるな」

「いいじゃないですか。お母さんが飲んでたんだから、付き合ったほうが」

「だから結婚できないんだよ。このアル中女が」

「あー、そういうこと言っていいのかな。やさしい博人君、子供のころお母さんになんて言ったんだっけ」

「てめぇ」宇佐美が顔を紅潮させる。

「お母さんは、俺が守る」

麻衣子はわざとらしく言って逃げた。なんとなく走りたかった。顔を赤くした宇佐美が追いかけてくる。

「てめぇ、釧路の営業所に飛ばすぞ。あそこは寒いぞ。しかも社員が三人しかいないんだ」

「あーっ、パワハラだ。訴えますよ」

久しぶりに走ったからか、なんだか笑ってしまった。

走り疲れたところで、肩で息をしながら並んで歩いた。すっかり日は暮れて、オレンジ色の夕日に照らされる。

「あー、楽しみだ。部長に買ってもらったマノロでマンハッタンを歩くの」

「は？　誰が買うなんて言った」

「会社でばらしますよ。部長が新聞配達しようとしてたこと」

そう言って、また走った。早く酔いをさましたかった。


宇佐美と別れたあと、思い切って母に電話することにした。

「この前はごめんね。強く言って」麻衣子から謝った。

「ううん。いいのよ。それでお見合いのことなんだけど……」

母親がお見合い相手のことを話しだした。

自分の幸せは自分で決める。腹を割って気持ちを伝える。宇佐美の母親の言葉を思い出した。今だったら、口に出せる気がした。

「お母さんごめん。わたしお見合いは受けない。自分の幸せが結婚かどうかわからないけど、自分が納得できる形を必ず探す。だから、お母さんを困らせるかもしれないけど、絶対幸せになるから、お母さんにも幸せになってほしい」

酒の力を借りて、心の奥にためこんでいたものを吐き出した。

母が咳きこむ。

「大丈夫？」

「お薬飲んでるんだけどね。咳が止まらなくて」

咳が止まると母は黙りこんだ。

「ごめんね。わたしお母さんの言うことをきかなくて」

「ううん。いいの……」

最後は声が小さくなり電話を切った。

結婚しないかもしれない。そう伝えると、戸惑った様子が電話の向こうから伝わってきた。やっぱり、すぐにはわかってもらえないか。

なんとか自分の幸せの形を見つけて、自信をもって幸せだと言えるようになり、母親にわかってもらうしかない。

10

レストランの帰り道、その足で涼の練習を見に行くことにした。

体育館に着き、中をのぞくと涼は誰よりも速く、誰よりも高く飛んでいた。

「古川さん、さっきのいいパスでしたよ」と声をかけて、チームのムードを盛り上げていた。

涼はいったいわたしのどこがよくて一緒に住んでいるのだろうか。

本当に家賃を浮かせるためか。それとも、たまにはわたしみたいな女と遊んでみたかっただけだろうか。

ふと、反対側のドアに目をやって、すぐさま身を引っこめた。壁に張り付き、息を整える。会社の女の子たちがいた。涼を見てキャーキャー言っている。

また、気分が落ちこむ。あの子たちの誰かともうすでに付き合っていて、涼が夜な夜な出て行くのは、その子に会うためだったりして。

いやいや、そんなことを考えるな。麻衣子は首を振った。涼はテストに向けて必死なのだ。今日もお腹をすかせて帰ってくる。家に帰り、食事の支度をして待とう。

マネージャーの子に差し入れを渡して、麻衣子は家に帰ることにした。

門に向かって歩いていると、「すみません。ちょっといいですか」と声をかけられた。振り返ると、さっき差し入れを渡したマネージャーの子がいた。

「このチームでマネージャーをやっている高橋です」

その子が小さく頭を下げたので、麻衣子も「広瀬と申します」と頭を下げた。

「涼とお付き合いされているんですよね」

「ええ、はい……」

「ひとつお伝えしておきたいことがあるんですけど……」

その子は目をそらし、唇を噛んだ。

「涼はテストに落ちます」

「え」すぐに次の言葉が出なかった。

「涼を受け入れるほどプロは甘くないんです」

「……でも、そんなことやってみないと」麻衣子が言い返そうとするとその子が遮る。

「わたし、高校のころから涼を見てきました。涼はスター選手で、国体にも出て代表チームにも選ばれた。ただ、膝を怪我してからまわりの選手はみな涼を抜いていって、大学にも入れずうちのチームでプレーしてるんです。全盛期の動きができないことにずっと苦しんでいます。それに、もともとトライアウトでプロになれる選手なんてほとんどいないんです。協会の規則があるから、一応テストをやってるだけで、おととしに合格者が一人出ただけで、去年は一人も合格してない。それなのにプロをクビになった選手や、今は黒人の選手もいるんです。涼だってわかってます。自分が落ちること」

その口調から本心で言っているのがわかった。その子は続ける。

「だから気が滅入らないように、わざと明るく振る舞ってるんです。涼は昔から人に心配されるのをいやがるから……。そうやって運命を受け入れようとしてた。でもあなたと付き合ってからは、可能性を失うのが怖くてしかたないって顔をしてる」

潤ませた目をまっすぐこっちに向けた。

「この前、忘れ物して、体育館に戻ったら、帰ったはずの涼がここにいたんです。どうしたのって聞いたら、バスケやめたら、俺はただの派遣社員だからって言うんです……。涼はあなたとの差を気にしてるんです」

麻衣子は胸が締め付けられた。

涼は将来のことをちゃんと考えていた。態度には出さなかったが、差を気にしていた。それなのに浮気を疑った。押しつけがましいことまで言ってしまった。なんと情けないことか。いま思えば、涼が出ていた番組を見せたことも、プレッシャーになったのかもしれない。

「そもそもバスケの選手を支えることがどんなことかわかってますか。バスケって選手生命は短いし、怪我もしやすい。プロになったからといって給料が高いわけでもない。それでも涼についていくつもりだったんですか。そうじゃないなら、結婚とかそういうことを簡単に言わないでください。これ以上、涼に苦しんでほしくないんです」

その子は頭を下げたあと、体育館に戻っていった。

＊

麻衣子は気持ちの整理がつかないまま、足早にスーパーへ向かった。自分がどうすべきかわからなかったが、トライアウトまでは涼を支えようと思った。いま苦しんでいるのは涼だ。近くで努力を見てきたから、最後くらいは悔いのないようにプレーしてほしかった。

スーパーに着いて、麻衣子はネットでスポーツ選手を支えるコツを検索した。するとプロバスケの選手と結婚した元女子アナのブログがヒットした。

アスリートを支える三か条と銘打ってある。

三か条の一つ目は食事の管理とあった。

体が資本のスポーツ選手にとって、何を食べるかがプレーのパフォーマンスに大きく影響する。

まず、運動後は筋肉の分解が起きやすいから、三十分以内にエネルギーを補給しなければならないらしい。家に帰ってきたときに、すぐ食べられるように食事を用意しておこう。

また、バスケはゴール下で大きな選手とぶつかり合うから、体脂肪を落としすぎると怪我をしやすくなる。麻衣子はショーケースからサシの入った牛肉を手にとった。これですき焼きにしよう。少し高かったが、エステとネイルを遅らせればなんの問題もない。

家に着き、麻衣子は料理の合間にブログの続きを読んだ。三か条の二つ目は精神面のケアだった。試合の前はピリピリしていることが多く、精神面での負担はかけないようにする。ああしたほうがいい、こうしたほうがいいと発言は控える。特に技術面のアドバイスをすることは絶対NG、とあった。

元カレの航平には仕事のことでたくさん口出しして失敗してきた。余計ことに口に出さず、とにかく涼を支える。そう自分に言い聞かせた。

そして三つ目は、どこへでもついていく覚悟だった。遠征で遠くに行くこともあるし、チームが変われば、嫁はそれについていかないといけない。旦那が人生をかける競技に、自分も挑むくらいの肚を括《くく》る必要があると書いてあった。

はたして、そんな覚悟が自分にあるのだろうか。もし、テストに合格して地方のチームにでも入団したら、仕事やニューヨークに行く夢はどうするのだろう。

そもそも、ここまで涼を支えてあげられるのは、今は大きなプロジェクトがないからだ。もし仕事が立てこんだら、ここまでのことはしてあげられない。

わたしと結婚することが涼にとって幸せなのだろうか。さっき、マネージャーから聞いたことが過り、きゅうりを切る包丁が止まってしまう。

そのときチャイムが鳴った。涼が帰ってきた。麻衣子は考えていたことを口に出さないように決めた。今は涼を動揺させてはいけない。

「麻衣子の料理を食べたくてダッシュで帰ってきた。おっ、すげぇいいにおいじゃん」とおどけて抱きついてくる。明るい振る舞いとは裏腹に、大きなプレッシャーに晒されてると思うと、切なくなった。

＊

麻衣子はそれを悟られないように「ほら、冗談言ってないで食べなさいよ」と、鍋に火をかけた。

涼はあまり食べずに外に出かけてしまう。今日も体育館に行って一人で練習しているのだろうか。

夜中、帰ってきた涼は、黙ってベッドに入り手を握ってきた。少し震えているようだった。

麻衣子は涼の手を強く握り返した。

「涼。今はバスケのことだけ考えていいからね」

暗闇の中でそう声をかけると、うしろから強く抱きしめられた。

とうとうトライアウトの日になった。

涼は気が散るから見に来なくていいと言ったが、いてもたってもいられず、会場の体育館まで行くことにした。ニット帽をかぶり、眼鏡をかけてスタンドの一番目立たないところに座る。

スタンドには選手を応援しに来ている人たちが大勢いて、会社の子もいた。最前列にはメモをとるおじさんたちもいる。スカウトの人なのだろうか。

しばらくして、選手に集合がかけられた。五十人くらいはいて、みな背が高く筋肉質だった。黒人の子もいる。涼は小さくも見えるし細くも見える。それなのに受かるのは一人か二人だという。

試合形式のテストが始まった。涼がコートの中に入っていき、髭を生やした男がマークについた。味方からパスを受け取った涼がディフェンスの中に飛びこむ。

涼は毎朝五時に起きて、ランニングを欠かさなかった。シャワーを浴びたあと、スーツを着て会社に行った。休みの日も公園を走っていた。そんな生活を送っていても涼が仕事で手を抜くことはなかった。

麻衣子は手を組んで、「がんばれ。がんばれ」心の中で叫び、祈った。

だが、髭の男に足をかけられ涼が倒される。

おいおいファウルだろう。なんなのあいつ。こぶしを握る手に力が入る。今すぐコートに下りて抗議したくなった。

その直後、涼はやっとマークをはずして、シュートを打ったが、リングに弾かれた。髭の男に密着マークをされて、あきらかに調子が悪いように見えた。動きに練習のときのようなキレがない。

時間が刻々と過ぎていく。涼がリストバンドで汗を拭った。

このままだとなんのために苦しい思いをしてきたかわからないじゃないか。気持ちが落ち着かない。

すると、味方のパスカットで涼が飛び出した。シュートチャンスだった。だが、ものすごい勢いで髭の男が迫ってきた。涼はレイアップの体勢に入った。だが、髭の男が体ごとぶつかってきて、涼は地面に打ち付けられた。ものすごい音がして会場が騒然とする。

涼が膝を抱え、顔をゆがませる。うずくまったままだった。

あー、もう。我慢できない。

血が全身を駆け巡った。気づいたら立ち上がっていた。

「涼、しっかりしなさい！」

麻衣子が叫ぶと、会場が静まり返った。膝を抱えた涼が唖然とした顔を向けた。選手もギャラリーも全員がこっちを向く。

「そんな情けないプレーしてるんだったら、家から追い出すよ」

自分の悪い癖が出ているのがわかってはいるが、口が止まらない。

「何しけた面してんの。あんたプロになるんでしょう。たくさん稼ぐんでしょう。だったら早く立ちなさい。それでかっこいいところ見せなさい」

そこまで言って座った。

コートに立つ外国人がこっちを見て目を丸くしている。なんだ、あの日本人はと顔に書いてあった。

会社の若い子たちは、わたしを見てひそひそ話している。きっと、またイタいとか言ってるんだろう。

でも、そんなの関係ない。涼がピンチなのだ。本当だったら、コートに下りて頬をはりたいところだ。

しばらくして審判が「ほら、続けて」と声を出す。

止まっていた選手たちが、また散っていく。

バッシュの紐を結び直して立ち上がった涼は、肩で息をしながらこっちを見て苦笑いをした。

ひとつうなずいてからリングに向かって駆けていく。

＊

係りの人が笛を吹き、テストが終わった。

会場を出たところで、「おい」とうしろから声をかけられた。

振り返るとサングラスにスーツ姿の男がいた。宇佐美だった。

「いつもどおりに迎えいれてやれ」

それだけ言って行ってしまう。宇佐美も涼が心配で見に来たのだ。

君には戻ってこれる場所があるから安心してね。体育館を振り返り、そう話しかけた。

――髭の選手のファールのあと、涼は立ち上がり、いつもの涼に戻った。だが、自分より背の高い選手にシュートを阻まれ、自分より足の速い選手に抜かれた。マネージャーの子が言っていた意味がよくわかった。

自分の目で見てもわかるくらいに実力差があったのだ。どれだけ努力したかとかはほとんど関係がない。体のつくりが結果を分けた。そんな印象だった。

スポーツの世界は酷だ。あれで全てを評価される。あの子たちの大半は、それぞれの未来が続くのに、ここで道を閉ざされる。

麻衣子は昔の自分を思い出した。入社して数年のころ、会社の体制が悪いとか、意思決定が遅いとか、散々偉そうなことを言ったのに、思ったように結果が出せなくて、非常階段に隠れて涙をこらえたことがあった。発注ミスをして取引先に怒鳴られたこともあった。

でも、そういう経験のおかげで成長できて、今はいろんなことができるようになった。涼にもいつか今日のことがあってよかったと思えるようになってほしい。

今日はできるだけいつもどおり明るく振る舞おう。何ごともなかったように。

麻衣子はそう自分に誓った。

「ただいま」

家で麻衣子がステーキを焼いていると涼が帰ってきた。

「今日は勝手に見に行ってごめんね」

麻衣子が声をかけると「ううん、別にいいよ」言ったきり、何も話さなかった。ソファーでずっとうつむいていた。結果は自分がよくわかっているのだろう。

「もうすぐご飯できるから、ちょっと待っててね」

君はよく頑張った。麻衣子はキッチンに立ちながら心の中で涼に話しかけた。

あんなに努力したのに、報われない。そして、何もしてあげることができない。いたたまれなくなり、目の奥がつんとしてしまう。

でも、泣きたいのは涼だ。それなのに自分が泣いてしまいそうで、「あれ、このお肉、なかなか火が通らないな」とひとり言をつぶやいて、気持ちを無理やりそらした。

「麻衣子、ちょっと聞いてほしいんだけど」

フライパンの肉を裏返すと、キッチンに涼が来た。

「ん？　どうしたの」麻衣子は精一杯普通の顔をつくって振り返った。

「たぶん、テストは落ちた」

「そう……」

言葉をそこで止めた。まだ続ければいいじゃない。ここまでがんばったんだから少し休めばいいのに。どの言葉を返しても、今の涼には失礼な気がしたからだ。

「それで今日わかったんだ。バスケはここで終わりだって。子供のころからバスケだけやってきたから、本当にあきらめがつくか不安だったけど、麻衣子が支えてくれたおかげで、自分の力を出し切って悔いなくできた。ありがとう、麻衣子」

「そっか。お疲れ様」

涙がこぼれそうだったので、「もう少しで焼けるから座って待ってて」と背中を向け、すでに焼けている肉を裏返した。

だが、涼はまだキッチンにいて、壁にもたれてこっちを見ていた。

「何よ」

「やっぱり俺、麻衣子が料理してる姿も好きだけど、働いてる姿のほうがもっと好きだな」

「えっ？」

「遅くまで会社に残ってパソコンに向かってる姿とか、髪を振り乱しながらクライアントとやり合ってるところを見るのが好きだった。俺の派遣の契約を伸ばすために無理してたことも知ってた。やっぱり仕事に一生懸命な麻衣子が一番魅力的だと思う」

涼は目をじっと見たまま続けた。

「本当はプロになって、麻衣子が仕事をやめたくなるくらい立派な選手になるつもりだったけど、それはできなかった。だから、次は俺が麻衣子を支えようと思う。バスケ以外で自分に何ができるかわからないけど、何か見つけて、これからはバリバリ働く麻衣子を俺が支えていく」

涼はポケットから小さな箱を出した。

「俺と結婚してください」

抑えていた涙が落ちた。

「なにもついてない指輪だけど」

涼に左手をとられ薬指に指輪をはめられた。真顔だった涼は頬を緩めた。

「もうバスケはやめたから、ニューヨークでもどこへでもついていきます」とおどける。「麻衣子さん、俺を幸せにしてください」とも言った。

「このやろう」と、涙を浮かべたまま脇腹をくすぐってやった。

「やめて。やめてください」と笑ってソファになだれこんだ。

肉の焦げたにおいがしてきた。

11

翌日、涼は疲れているだろうから、会社を休ませた。

とりあえず、プロポーズされたことを宇佐美に報告して、細かいことはこれからゆっくりと決めていくことにした。なので、結婚するという実感はほとんどなく、いつもと変わらない朝だった。

寝ている涼を置いて家を出ると、すぐに仕事のことで頭がいっぱいになる。

ショーの準備も佳境に入ってきた。涼のトライアウトに合せて仕事をセーブしてきた分、巻き返さなければならない。

会社に着き、さっそくプロポーズされたことを原稿にして宇佐美に提出した。席にいなかったので、いたずら心で、薬指をはめた左手の写真と「これでわたしの勝ちですね」というメッセージを添えておいた。

その日の午後、外出先から戻ってくると、「おい広瀬！」と遠くから声をかけられ、会議室に呼ばれた。

「なんですか？」

「来週、ニューヨークへ出張に行くから、お前も同行しろ」宇佐美は目を合わせずに言った。

「え、ニューヨークですか……」

「向こうの編集長と会うから、お前を紹介してやる。ニューヨークの本社に行かせてやるって約束しただろう」

どうやら、宇佐美は涼と婚約したことを知って言っているようだ。

「向こうの編集長って、もしかしてｖｏｙａｇｅの編集長ですか」

「ああ、そうだ」

「でも部長。この前も言ったとおり、管理職を経験する意味もわかったんで、もう少し管理職をやってから行きますよ」

「うるせぇ、チャンスは来たときに掴むんだよ。それに俺は約束は必ず守るんだ」宇佐美が椅子を回転させ、あっち行けと手を振る。

「わかったら早く仕事に戻れ」

「お前、聞いたか。広瀬がニューヨークに転勤するって話」

「聞きましたよ。なんで、広瀬は管理職になったばかりなのに海外転勤できるんですかね」

翌日のランチタイムに会社の近くの個室居酒屋に入ると、隣の席からそんな声が聞こえた。会社というところは噂が駆け巡るのは早い。

「上にかわいがられてるんだろう。それにな、対外的にも女性が活躍している会社ってイメージもつくしな」お茶をすする音のあと、別の男の声がした。

「ああ、やだやだ」

「しかも、なんかあいつ、すごい年下の旦那連れていくんだろう。うちで派遣してる」

「まじかよ。なんでもありだな」

「まあ、日本人が本社に行ったところで大した仕事させてもらえないだろう。語学留学の延長みたいなもんでしょ」

それから男たちは、「それより昨日のチャンピオンズリーグ観たか」とサッカーの話を始める。

まったく会社ってところは。と噂話に毒づきながらも、少し罪悪感もあった。転勤したくて同じくらい頑張ってきた人もいる。それに女の自分が十歳年下で職も決まっていない旦那を連れていくなんて、たしかにずうずうしい気もする。

だけど、そんなことを考えている余裕もなく、ショーの準備に追われた。トークライブのキャスティングがうまくいってないのだ。しかも、会社が終わったあとは英会話スクールだ。向こうでは、voyageの編集長に志望動機や職歴などを英語で話さなければならない。

あっという間に出張の日になった。

航空券とホテルを智美に手配してもらった。ただ、急な出張だったので、帰りはちょうどいい時間のチケットが手に入らず、キャンセル待ちだった。

*

「もうちょっとゆっくり歩いてくださいよ」

「ニューヨーカーは歩くのが速いんだよ」宇佐美はコーヒーを片手に、足早に歩く。

十二時間のフライトのあと、ニューヨークに着くと、レイバンのサングラスをかけた宇佐美は路地のカフェでホットドックとコーヒーを買った。ブラックが飲めないらしく、バリスタにこれでもかというくらいホイップを要求していた。売店で新聞を買ったあとは、それをベンチで広げ「またヤンキースは負けたか」と、たいして興味もないのにつぶやく。

エンパイアステートビルが見えると、今度は「おい、撮れ」と携帯を差し出し、写真を撮らされた。それからずっとカメラマンをやらされ、落書きされたシャッターの前ではラッパーのようなポーズをした。

その写真を《I am in NY. いかん……。こっちに来ると、つい英語が出てしまう》と面倒なつぶやきと一緒にSNSにアップする。

まったく。これじゃまるでニューヨークかぶれの観光客じゃないか。

本社のビルに着くと、少し太った男がやってきた。どうやらｖｏｙａｇｅの編集長のようだ。黒ぶち眼鏡にダブルのスーツ姿が、いかにもクリエイターといった雰囲気だった。

編集長が目に入った瞬間、宇佐美は持っていたバッグを地面に落とし、「オー」と大げさに両手を広げて走っていく。

「ナイストゥミーチュー、ミスターアンダーソン」

握手を求め、編集長がそれに応じてハグをする。ハリウッド映画にあるようなシーンだ。

編集長が何か言うたびに、宇佐美は「リアリィ？」「リアリィ？」と大声で驚いてみせる。いくらアメリカでも、リアクションが大きすぎるだろう。まわりの人たちに変な目で見られていた。

宇佐美は編集長としばらく話したあと、麻衣子を紹介した。麻衣子は握手をして英語で自己紹介をすると、すかさず編集長は「君はここで何がやりたい」と聞いてきた。

あ、えーと……。憧れのｖｏｙａｇｅの編集長だと思うと英語につまる。そうだった。ここでは自分のやりたいこととか、どんな人間なのか、ストレートに聞かれるのだ。

「日本でアパレルの通販をやってきた経験を活かして、ニューヨークからグローバルに……」

必死に英語を探していると、宇佐美は編集長の耳元に顔を寄せ、「シーイズなんとかウーマン」とささやいた。小声でよくわからなかったが、編集長は、「オーマイゴ」「オーマイゴ」「ミスターウサミ」「イッツファニートゥーマッチ」と息をするのも苦しそうに笑いだした。

面白すぎる――。いったい。何をささやいたのだ。意味がわからない。

＊

編集長と会食の約束をし、アッパーイーストサイドにあるビジネスホテルにチェックインした。部屋でくつろぐ時間はなく、ディナー用のワンピースに着替えた。

麻衣子はすっかり落ちこんでいた。編集長とうまく話せなかった。それどころか言葉が出てこなかった。会社のルールを曲げてまで来てるのに、ここまで連れてきてもらった宇佐美にも申し訳ない。

ホテルのロビーで宇佐美を待つ間、携帯をネットにつなげた。自分のコラムをチェックすると、ここに来る前にアップしたプロポーズされた記事にたくさんのコメントがついていた。

《おめでとうございます！》《本当に半年でプロポーズされるなんてすごい》と、祝福の言葉が飛びこんでくる。最後のコメントは《素敵な人にプロポーズされてよかったですね》とあった。

そのとき着信があった。涼からだった。

「あ、麻衣子。いまちょっと平気？　話があるんだ……」

「どうしたの」

「あの、実はさ……」涼がめずらしく真剣なトーンで声を出した。

そのときエレベーターから宇佐美が降りてきた。カウンターに行きスマホを突き出して、何やら受付ともめ出した。ワイファイにつながらないとクレームを言ってるようだった。

「涼、ごめん、ちょっと待ってて」麻衣子は涼と電話したまま、宇佐美の携帯を受け取った。それを五秒で設定して突き返し、ホテルマンに英語で謝った。

「ごめん、涼。で、どうしたの。何かあった？」

「あ、いや、その……、爪切りの場所ってどこだっけ？」

それくらい自分で探してくれ。爪切りの場所を教えて電話を切り、吹き抜けになったホテルの天井にため息をついた。

ホテルを出ると、緊張で顔が強張っていたせいか、通りに出た瞬間、いきなり「スマイル」と白人のおばさんに声をかけられた。

視界を戻すと、体の大きいビジネスマンがすごい勢いで話しながら闊歩している。道の先ではタクシードライバーの中国人とトラックの黒人の運転手が言い争って渋滞をつくっていた。物乞いをしている浮浪者もたくさんいる。

観光で来たときとは、違うものが目に入ってくる。そうか。わたしはここで暮らしていくのか。自分の英語力でやっていけるのだろうか。当たり前のことだけど、英会話スクールで流暢に話せたからといって、ビジネスの現場の英語は全然違う。涼の仕事が見つかるまでは面倒も見なきゃいけない。もしトラブルに遭ったときは誰を頼ればいいのか。やっぱりわたしじゃなくて、管理職で経験を積んだ男の人とか、ネイティブレベルで英語が話せる社員が来るべきじゃないのか。道を埋め尽くす黄色いタクシーを見ていると、ますます不安になってきた。

次の瞬間、肩に衝撃が走った。

「きゃっ」と声をあげたときには、体が弾き飛ばされ、フェンスにぶつかっていた。

レースの裾が何かにひっかかって、布が破ける音がした。

考えごとをしていたら、電話をしているビジネスマンにぶつかったようだ。

あわてて背中を見て、顔が熱くなった。腰のところからお尻まで破けていて、パンツと肌が見えていた。レストランのドレスコードに合うように着てきたフォーマルドレスだった。

ロードバイクに乗った自転車便の若者が、通りすがりに「フー」と冷やかす声を出す。

あぁ、まずい。これから編集長と会食で、待ち合わせの時間はもうすぐだ。

ホテルに戻って着替えてたら間に合わないし、そもそも、服はビジネスカジュアルしか持ってきてない。会食中はずっとお尻を隠しておくか？　いやそれはだめでしょう。何かの拍子に見られたらパンツ丸見えの女だと思われる。やっぱり着替えてくるしかない。

「大丈夫か？」

宇佐美が寄ってきて、ジャケットを脱ぎ、それを肩にかけてくれた。サイズが大きいのでお尻までおさまる。

「わたしホテルで着替えてきます」

「いや、待て」

タクシーを拾おうとすると、突然、「来い」と宇佐美に手をとられ、どきっとした。

宇佐美は車通りの激しい道で手を上げ、クラクションを浴びながら反対側に渡る。

宇佐美に連れられ入ったのは、ショーウインドウにドレスが並ぶショップだった。中に入ると、店内をざっと見渡したあと、店員さんを呼び、英語で話しながらドレスを選びだした。

言われるがままに、麻衣子はフィッティングルームで着替えた。

どれもサイズはぴったりで、自分で選んだよりもきれいになった気がした。やっぱり元ファッション誌の編集長だ。麻衣子が履いている靴や身に付けていたものに合うものを的確に選んでいった。

「どうして似合うのがわかるんですか」

「顔や体型にはな、そいつの人生が表れるんだよ。その魅力をしっかり見せてくれる服を合わせればいい。服で自分を偽って見せようとすると失敗するんだ」

宇佐美はそう言って黒のドレスを選び、タグを切ったあと、それを着て店を出た。

なんとか、約束の時間までにレストランに着いた。だが、間抜けなことをやってしまったことに気落ちしていた。

宇佐美は横目でこっちをじろじろ見てきた。

「やっぱり、俺が服を選ぶと、どんなやつでもある程度はいくな」

自分が選んだドレスを見て言っているようだ。だが、今は言い返す余裕がなかった。

宇佐美は「このセンスを活かして、自分でファッションブランドを立ち上げてもいいかもな……。ラグジュアリーブランド、ヒロトウサミ、悪くない……」などと、ひとりごとを言っている。

「あのう、部長……」麻衣子はそれを遮った。

「なんだよ」

「わたしやっていけますかね?」

「どうしたんだ?　急に」宇佐美は眉を寄せる。

「わたし、これからここで働いて生活していくのに、さっき編集長とうまく英語で話せなかった……。もっと英語が上達してから来るべきだったんじゃないですか」

つい弱音を吐いてしまう。

宇佐美はこれから食事だというのに、パンケーキとロイヤルミルクティーを注文する。この男には緊張感がまるでない。

「お前、一度引退したココ・シャネルが、七十一歳でデザイナーに復帰してボロクソに叩かれた話を知ってんのか」

麻衣子は首をかしげる。

「シャネルは悠々自適な隠居生活を送ってたのに、その歳でわざわざ復帰して、コレクションで流行遅れ、葬式、亡霊とまで言われたんだよ。それでも、死ぬまでコレクションで発表し続けたんだ。言葉が通じなかろうが、住んだことなかろうが、挑戦に怯むな」

そこに生クリームが大量にのったパンケーキが運ばれてきた。ミルクティーは苦かったのか、「シュガー、シュガー」とウェイトレスに連呼していた。

「でも、部長。そもそも三年管理職を務めてから行くっていうルールもあるし、十も下の無職の夫も連れてくのも、まわりから見たらおかしいし、少しやりすぎな気がして……」

「お前、そんなこと気にしてるのか」

「ええ、まあ……」

「ふん」宇佐美は鼻で笑う。「ココ・シャネルが、どうしてその歳でファッションの世界に戻ってきたかわかるか？」

「さあ……」

「コルセットが気に入らなかったんだよ」宇佐美はパンケーキをナイフで切り分ける。

「コルセットですか……」

「そうだ。ヨーロッパでは長いこと戦争が続いていただろう。それが、やっと終わって、暗かった社会のムードが明るくなった。それを表すかのように、若手のクリスチャン・ディオールがフローラルラインといって、コルセットでウエストを絞って、スカートが大きい中世のドレスのようなシルエットの服を発表してヒットしたんだ。それは言うなれば、女性を飾り立てる服。ココ・シャネルはそれが気に入らなかった。だからわざわざ七十過ぎて復帰して、女性が働くためのスーツを発表したんだ」

「でも、古いって批判されたんですよね？」

「ああ。ヨーロッパではな。でも、シャネルのスーツは、ここアメリカで爆発的にヒットしたんだ」

「どうしてアメリカでヒットしたんですか」

「戦争が起きると男が戦争に行くだろう。だから、国内では女が男の仕事を担うことになる。それで働くことの喜びを味わった女たちが、戦争が終わっても働きたいと願ったんだ。しかもシャネルはスーツだけじゃない。手を自由にするために、肩にかけるチェーンをハンドバッグに付けたのも、化粧直ししやすくするために、リップスティックをプッシュ式にしたのもシャネルなんだよ。それが働く女性たちから絶大な支持を受けて、シャネルは女性の社会進出に貢献したんだ」

宇佐美はパンケーキを頬張る。口の端に生クリームがついた。

「社会が変化すると、今までのルールが合わなくなる。それをおかしいと唱えるやつがいる。でも、異端だと叩かれる。それでも勇気のあるやつが、ルールを変えてきたんだ。お前がこの国に来れるのも、ここで働けるのも、誰かが古い常識やルールと戦ってきたおかげだ。そしてそれを乗り越える役割は、乗り越えられる人間にしか与えられない。お前が会社のルールよりも早くここで働くのも、年下の旦那を連れてくるのもお前に与えられた役割なんじゃないか」

たまにはいいこと言うじゃないか。口に生クリームさえつけてなければいいのに。

そのとき、入口のほうに編集長が見えた。緊張が走る。宇佐美はナプキンで口を拭い、顔を近づけた。

「お前は俺の選んだドレスを着てるんだ。自身を持て。イヴ・サンローランも引退するときのスピーチで、ファッションは女に自信と力を与えるって言ってるからな」

麻衣子はうなずいた。すると宇佐美は、なぜかパンケーキの皿を麻衣子の前にもってきた。編集長が席につくと、「彼女はこういう場面でも物怖じしないんだ」と皿を手でさして言った。ジョークで空気が和む。

しばらく談笑したあと、宇佐美が切り出す。

「上司から見ても彼女はバイタリティがあってよく働く。まわりのことをよく見ていて、部下にも慕われている。仕事を途中で投げ出さない」

麻衣子のスキルや性格を伝えた。さっきまでのおどけた態度はなくなり、真剣な顔つきだった。

「それで、君はこっちで何をしたい?」編集長が麻衣子に聞いた。

「今までのキャリアを活かしてニューヨークから服や靴のオンライン販売をして、世界中の人がオシャレになるお手伝いをしたいです。そしてできることなら、ファッションだけじゃなく、自由な生き方を選べるようになってほしいんです」

編集長がどういうことだろう、という顔をするので麻衣子は続けた。

「日本はスパッツやタンクトップを一枚で着てたら、まわりから変な目で見られます。日本は服装に対する目が厳しいんです。それは結婚も一緒で、結婚して子供を産むことこそが幸せ、そうじゃない人は不幸だと思われるんです。そういう考え方にとらわれて、他人からどう見られるか気にして、苦しんでいる人が多いんです。だからニューヨークから、生き方なんてたくさんあることを世界中に発信して、悩んでいる人を助ける仕事がしたいんです」

コラムで読者の悩みを聞いてそう思うようになった。考えもまとまっていて、次から次へと英語が出るので自分でも驚いた。

「それだったら君にぴったりの仕事があるよ」

編集長が微笑む。

「実は今度、ちょうどｖｏｙａｇｅはオンラインビジネスに進出するんだ。世界中の読者に服とライフスタイルの情報を届けることにした。そのビジネスのスタートアップを君に手伝ってほしい。君に合ってると思うんだが、どうだろう?」

「え、それって、わたしがｖｏｙａｇｅの仕事ができるってことですか……」

「ああ、そうだ」

その仕事だったら、ウェブだから今までやってきたキャリアも活かせる。自分が挑戦するのにぴったりだと思った。

胸の中に熱いものが湧き上がってくる。

留学をあきらめたこととか、クライアントに振り回されて遅くまで働いたこととか、今までやってきたことが、この瞬間のためにあるように思えた。プロポーズされたときよりも胸が高鳴っている。やっぱりわたしは自分で人生を切り開くのが好きなんだと、改めてわかった。

「でも、どうしてわたしなんですか」麻衣子が聞いた。

「君が努力したからだよ」

「え？」

「君のコラムをミスター宇佐美が翻訳して送ってくれていた。毎回、とても笑わせてもらったし、勇気ももらった。君ほどバイタリティがある人間は、個性が強いうちのメンバーにもいない。努力する人間には見返りがあるべきだと思うんだ。だから君にはチャンスを与えたい」

どうやら、宇佐美に言われてやらされたコラムのことを言っているようだった。それを読んで、興味を持ってくれたらしい。もしかして宇佐美は本社でアピールできる実績をつくるために、あのコラムをやらせたのか。

「もちろん、使えなかったら、すぐに日本に帰ってもらうがね」

それから編集長と会話を続けた。英語がたどたどしくなると、笑顔がチャーミングでふくらはぎがセクシーだから職場も華やぐと、宇佐美が再びジョークを入れてフォローをする。

こういうときは妙に頼れる。つい宇佐美の顔をまじまじと見てしまった。

レストランを出ると、緊張から開放され、やっと呼吸をした気分になった。

「もしかして、ｖｏｙａｇｅに推薦するために、婚活のコラムをわたしにやらせたんですか」

麻衣子が聞くと、宇佐美は歩くスピードを速める。

「そんなわけないだろう。お前がおもろしいから送っただけだ。まあ、これでお前がいなくなったら若くていうことききくやつを雇えるな」

また皮肉か。でも、なんだか今日はそれも許せた。

時計を見るとまだ九時だった。ホテルに帰るには少し早い気がする。少しニューヨークの街を歩いてみたい。

「わたし、部長が住んでいた家を見てみたいです」

「どうして?」

「引っ越すときの参考にするんですよ」

宇佐美は「お前気が早いな……」とあきれた顔で笑う。「まあ、いいだろう。行ってみるか」

宇佐美がニューヨークに渡って初めて住んだ部屋は、マンハッタンから離れた、ブルックリンの端にあるらしい。

イーストリバーを横目で見ながら川沿いの道を歩いた。ライトアップされたブルックリン橋は自転車で通るときれいだと宇佐美が教えてくれた。いつか自分も自転車で疾走してみたい。

宇佐美が選んだドレスは、この季節にはちょっと寒かったけど、気持ちがよかった。しばらく歩いて、レンガの建物の前で宇佐美は立ち止まった。

「ここが昔住んでたアパートだ」

その建物は一軒家が連なったたつくりで、かなり古かったがゴシック建築の門構えと、玄関へのぼる階段の雰囲気がよかった。

「部長はどうして、ファッションの世界に進んだんですか？」ふと気になって聞いた。

宇佐美は入口の階段に座った。

「服には人を変える力があるからだ」

「服が人を変えるんですか？」

「ああ」宇佐美は遠くを見て言う。「エディ・スリマンっていうデザイナーを知ってるか？」

「聞いたことはあります」

「エディ・スリマンはディオール・オムを立ち上げたときに抜擢されたデザイナーだ。当時、メンズファッションはストリートカルチャーやヒップホップが全盛で、ルーズなサイズ感が主流だった。だが、独学でデザイナーになったエディ・スリマンは、コレクションでロックを根底にした超スリムなファッションを発表したんだ。デニムもスーツも細すぎて誰も着れないんじゃないか。そう思われた」

「それでどうなったんですか？」

「成功して、他のブランドもこぞってマネをした。それでスリムなスタイルが一気に普及して、街の景色を変えたんだ」

「でも、服は細すぎたんですよね……」

「ああ。でもな、ディオール・オムの服を着たいっていう理想のほうが、人の体型を変えたんだよ。カール・ラガーフェルドなんて、ディオール・オムの服が着たくて、四十キロダイエットしたほどだ」

向かいの公園では、ひとりでミュージカルを熱演している人がいた。手をつないで歩いている男同士のカップルがいる。散歩中の老夫婦が腰を抱き合っていた。道端の浮浪者も悲壮感がない。

宇佐美がそれを見て何かを思い出しているかのような顔をした。

「人生は自由だ。だからこそ理想が人生を変える。お前もここで働きたいという理想を持っていたからここまで来れたんだろう。これからも理想を持ち続けろ。それでその理想を実現するために、行動し続けろ」

気づいたら転勤の決心がついていた。

もちろん、行きたかったんだけど、心のどこかでは、本当にやっていけるのか心配だった。でも、実際に見たら肚が据わった。

宇佐美が住んでいたアパートを見て、ここに涼と住めたらラグは何を敷いて、ソファーは何にしようか、加奈が遊びにきたらあそこに連れていこうとか、そんなことばかり考えてしまう。

自分の生きたいように生きていい。そんな時代に生まれてきた。そんなことをあらためて思った。

麻衣子は宇佐美の前に行って頭を下げた。

「部長、ありがとうございます」

「何が？」

「夢だったんですよ。マンハッタンの夜景を見ながらドレスを着て歩くの」

そう言ってバレッタをはずし、髪をほどいた。なんとなくくるりと回ってみた。スカートと髪が舞い、風になびく。

「おい、誰が踊れって言った」

宇佐美があきれた顔で笑う。

「人生は自由って言ったの部長じゃないですか」

麻衣子を見てか、ミュージカルをしていた男が隣で歌いだし、ダンサーが踊りだした。


ホテルに戻りフロントで鍵を受け取った。旧式のエレベーターはゆっくりと数字を刻んでいく。

二人の間に沈黙が流れた。

麻衣子は横目で宇佐美を見た。

今まで、こんな上司がいただろうか。会社の規則を覆して、ここまですることはなかなかできることではない。

「じゃあな」

廊下で部屋に入る宇佐美の姿を見たら、もう少し話していたいような気分になった。

麻衣子は部屋に戻り、ドレスを着たまま横になった。

宇佐美が戻ってきて、一緒にお酒でも飲むことはないだろうか。ホテルの最上階はラウンジになっていた。夜のセントラルパークを散歩してもいいかもしれない。

高層ビルの隙間を流れるテールライトの列を窓から眺めながら、そんなことを考えてしまう。

でも、宇佐美が来ることはなかった。それはそうだ。宇佐美はただの会社の上司で、わたしはもうすぐ結婚する身だ。

瞼が重くなってくる。目を閉じた瞬間、扉がノックされた。

宇佐美だ――。

麻衣子はベッドから跳ね起きた。髪を簡単にまとめてバレッタではさみ、鏡の前で自分の顔をチェックした。

扉の鍵を開けて、笑顔でドアを開いた。

そこにいたのは、宇佐美ではなく、制服を着たホテルマンだった。

白い封筒を差し出した。中には飛行機のチケットが入っていた。

帰りの便がとれたらしい。

12

キャンセル待ちしていた便がとれたので予定より早く帰ってきた。部屋の扉を開け「ただいま」と声を出したが、声が返ってこない。

寝室のほうに目をやると、涼がいつも使っているバッグがなかった。涼はどこかにでかけているようだ。

「あー、疲れたー」と、うめき声をあげて、ジャケットを着たままソファーに倒れこもうとすると、ゴミ箱に足をぶつけて、中身をぶちまけてしまった。その中にあった破った封筒と一枚の紙が目に入る。

なんとなく、それが気になり三つ折にされたコピー用紙を開いた。

《バスケットボールチーム　新設のお知らせ》と書いてある。

何これ？　つい、先を読んでしまう。

四国の二部リーグに新しいチーム立ち上げることになり、学校や体育館で働きながら、そこでプレーしないかと誘うものだった。

どうやら、この前の入団テストで涼のことを見てくれてた人がいたらしい。

よかったじゃん。あの努力が報われたと思うと、なんだかほっとして、力が抜けた。これで涼はバスケを続けられる。

でも、待って。もしそれが実現するとなれば、結婚するわたしが東京を離れるということだ。それは仕事を辞めるということで、海外転勤もあきらめなければならない。つまり、どちらかが夢をあきらめるということだ。

じゃあ、お互いの夢を優先して別々に暮らすか。果たしてそれは結婚することに意味はあるのだろうか。四国に住む涼のことを気にかけながら、ニューヨークで生活するなんて、イメージが湧かない。きっと涼が電話してきたのはこのことだ。

気持ちの収まりがつかなくなる。そのとき涼が帰ってきた。

「あ、もう帰ってきたの？」

平然を装ったような顔でバッグを置いた。

「ニューヨークは行けそう？」

「うん。向こうの編集長に会って気に入ってもらえたみたい……。そんなことより涼、こっち来て」

涼はコートを脱ぎながら麻衣子が持っている手紙を見た。

「ああ、それ。なんか誘ってくれた人がいて、でも、四国の田舎だからさ。だいたい俺、もう引退したし」キッチンに行って冷蔵庫を開ける。「そんなことよりニューヨークはどうだった？　やっぱり日本と違う？　楽しみだなあ。俺もニューヨークに行くの」なんでもないような口調でペットボトルを傾ける。無理して言っているのがわかった。

「涼、こっち向いて」

麻衣子は涼の前に行った。

「本当は行きたいんじゃないの」

涼は黙る。その顔を見て、やっぱり行きたいんだとわかった。短い期間しか一緒に過ごしてなかったけど、それくらいは読み取れた。

「行きたいんだったら行きなよ。前に、言ってたじゃない。どんな環境でもいいからバスケを続けたいって」

「でも俺は決めたんだ。麻衣子と結婚して幸せにするって」

「本当は行きたいのに、わたしのためにあきらめるのはやめて」麻衣子は涼の肩を掴んで言った。

涼はうつむく。

「涼、聞いて。女だったら男に合わせるべきとか、男だったら女を幸せにしなきゃいけないとか、結婚したら責任をとらなきゃいけないとか、そういう考え方にとらわれて、自分のやりたいことか、本当に大切なものあきらめるのってもったいないと思うの。涼にも、本当は他の人生があったんじゃないか、って思いながら生きてほしくないの」

視界が滲んでくる。

「わたしね、初めて会った人に薬指を見られたり、結婚してないって言うとかわいそうだなって顔をされたり、そういうの実はすごく気にしてた。だから、早く結婚して家庭に入るような人生を選んだほうがよかったんじゃないかって、勝手に別の人生を想像して、存在しないもう一人の自分に嫉妬してた。でもね、別の人生なんてないの。人生は一つなの。自分で選んできた人生だから、自分を認めることにしたの。もし、涼の中にバスケを続けたいって気持ちが少しでもあるなら、行って」

「じゃあさ」

下を向いていた涼が顔を上げる。

「一緒に四国へ来てくれないか」叫ぶように言った。「最初はつらい思いさせるかもしれないけど、なんとかするから。俺、麻衣子を幸せにするから。ねぇ、来てくれるよね」

「ごめん、それはできない……」

「どうして。麻衣子は俺のこと好きじゃないのかよ」

「好きだよ。最初はただのかわいい年下の男の子だったけど、一緒に住んで涼が頑張ってるところ見て、すごく好きになった。でもね、涼がバスケで生きていくなら、涼をサポートする人が必要で、わたしにそれはできない。わたしにも夢があるから。涼にもわかってほしいの。人を好きになる気持ちよりも大切なことがあるってこと」

涼はこっちを見ながら言葉を出せないでいる。

「あ、三十五なのにやばいって思ってる？」鼻水まで出てきた。「あのね、わたしなんでも一人でできちゃうの。仕事だってあるし、貯金だって結構ある。もう完璧に生活する基盤ができあがってるの。だから結婚できなくても大丈夫なの。負けず嫌いだから、男にだって負けたくないんだよ。この前のトライアウトもコートに下りて、あの髭の男に文句言おうと思ったんだから。ほらわたしクレーム言うの得意じゃない」

何を言ってるかわからなくなった。でも、どちらかが夢をあきらめて結婚するのは違うと思った。制度のために可能性を潰してほしくないし、夢を実現して未来を切り開くことができる尊さを、涼にもわかってほしかった。

涼はしばらく黙ったあと、納得いかない顔で荷物をまとめ始めた。

＊

涼は会社を辞めて、四国に発った。

これは前向きな別れだと自分に言い聞かせたが、涼がいなくなり、部屋に帰るとひとり淋しく落ちこんだ。この選択をしたことをコラムにしようとしたが手がつかなかった。

そして涼がいなくなって二週間くらいたったころ、急に体がだるくなった。

そういえば卵巣に腫瘍があるかもしれないと言われてから、もう数か月も放ってしまっている。病院に行くか。そう自分に言い聞かせたものの、ものすごく気が重い。

あの女医の忠告を無視して、診察をすっぽかしてしまった。遅くまで飲んだし、仕事もたくさんした。ストレスも相当かかった。

しかも、あの女医には母と言い合っているところを見られている。

何度もため息をつきながら病院に向かい、もう一度検査を受けた。待合室で自分の番号が呼ばれ、診察室に入ると、あの女医がエコーの写真を見たまま眉間にしわを寄せている。

「あなたね……」

まずいものでも見つかってしまったのか。言われたとおり病院に来ないからこんなことになるんでしょう。そんなことを言おうとしていそうだった。緊張が走る。

「妊娠してるわ」

「へ？」

「まだ一か月だから確実とはいえないけど、おそらく妊娠してる」

突然のことで言葉がでなかった。

「卵巣の腫瘍は出産に影響ないほど小さいし、大きくもなってないから問題なさそう。妊娠してるかちゃんと検査するから二週間後、もう一度来て」

女医がキーボードを打ちながら言った。

「それと、タバコはやめてね。お酒はちょっとだけならいい。運動はむしろしたほうがいいから、適度に体を動かすこと。詳しくはここに書いてあるから、あとで見といて」と冊子を渡す。

妊娠――。なんの実感もなかった。言葉を出せないでいると女医が眼鏡をはずす。

「どうしたの、産まないの？」

「え、いや……、産みますよ……」

「そう。じゃあ、おめでとう」

そう言って微笑んだ。その女医の笑顔を初めて見た気がした。

病院の帰り道、涼に電話をかけた。

「あ、麻衣子」

声を聞くのは一か月ぶりだった。いい雰囲気で別れなかったので、どういう声を出すか不安だった。だが涼は明るい声だった。うしろからは体育館でボールをつく音がする。麻衣子が話を切り出す前に涼が続ける。

「それがさ、最近、膝の調子がよくて、少しだけど試合にも出れるようになって、チームも好調なんだ。うまくいけば来年にはトップリーグに行くかもしれない。給料は安いけど、地元の商店街の人たちがボランティアで支えてくれるから、その人たちのためにも結果を出さなきゃいけないって思う。だから練習にも身が入ってさ、一日一日が大切だと思うようになった」

涼は毎日が充実しているらしく、今の生活を矢継ぎ早に話した。

「今は麻衣子が言ってたことが少しわかったかもしれない。人を好きになることよりも大切なことがあるっていう意味が……。麻衣子ありがとう。こうしてバスケを仕事にできたのは麻衣子のおかげだから」涼は最後にそう言って電話を切った。結局、子供ができたことを言いそびれてしまった。

駅に向かって歩くと、ベビーカーを押したママたちがそばを通りすぎた。子供が泣きだし、お母さんがベビーカーから抱き上げてあやす。

出産と重なるからニューヨークへは行けなくなる。だったら仕事を辞めて、涼を追ってその土地でできる仕事を探して子育てをすべきなのか。

会社に着くと、ニューヨークの編集長から、麻衣子を待っているとメールが送られてきた。

やっぱり海外転勤はあきらめたくない。


その日の帰り、加奈とエレベーターが一緒になり、事情を打ちあけた。

「で、どうするの?」

麻衣子が黙っていると加奈が続ける。

「まさか、あんた。結婚しないで一人で育てるつもりなの」

「うん……、それも考えてる」

「どうしてそうなるのよ。子供ができたなら、涼に責任とらせて一緒に育てなさいよ」加奈がとがった声をぶつけてきた。

「わたし仕事続けたいし、海外で働きたい。だから涼についていくことはできない」

「何言ってんの?」あきれた声を出す。「子供ができた女に会社が転勤なんてさせてくれるわけないでしょう。女性の社会進出とか、どんなにきれいごと並べたところで、会社ってとこはね、妊娠した女なんてお荷物でしかないの」

「今回の転勤はあきらめる。でも、またチャレンジしたい。今までは少しミーハーな気持ちがあった。でも出張でニューヨークに行って、やっぱりここでやっていきたいって思ったの」

「だったら、涼君にこっちにいてもらいなさいよ」

「涼はやっと夢を掴めたの。それに涼がバスケの選手としてやっていくためには支えてくれる人が必要なの。一緒に暮らして、わたしにはそれができないってわかった。だから、それぞれの道を歩むことにしたの」

「自分のやりたいことしたいからって結婚しないなんて、母親になる資格ないと思う」

「ちょっと待って。加奈だっておかしいと思わない。子供ができたら男に合わせるなんてさ。自分のやりたいことが続けられないなんて。自分の望む生活ができないなんて、おかしいよね」

「おかしくない」加奈が大きな声を出す。「子供がちょっと大きくなったら、どうしてお父さんがいないのって聞かれるよ。そしたら、あんたなんて答えるの？　お母さんはニューヨークで仕事したかったから、あなたにはお父さんがいないって言うの？」

「ちゃんと説明すればわかってくれる」

「そんなのエゴよ。あんたが働いてる間、誰が面倒見るの。大切な仕事してるときに病気になったらどうするの。今どれだけ養育費がかかるか知ってるの。保育園入るのがどれだけ大変か、この国のシングルマザーがどれだけ苦しい思いしてるか、麻衣子だって知ってるでしょう」加奈が一気に言葉を吐き出す。

「それもわかってる」

「親に頼ればいいって思ってるかもしれないけど、親の介護だってしなきゃいけないときがくる」

「それもなんとかする」

「信じられない」

加奈が顔を紅潮させる。はじめて見る顔だった。

「そんなの絶対間違ってる。親がそんなんでどうするの。子供ができなくて苦しんでる人もいるの」

それを聞いて加奈が不妊治療をあきらめた話を思い出した。いつも明るく振る舞ってる裏で、病院に行って、つらい治療を受けていたのだ。

診察台に上る加奈。窓口でお金を払う加奈。旦那の両親に子供のことを言われる加奈。

今はじめてその姿を想像した。もし自分が加奈だったらと考えて心が痛む。

加奈の目に涙が溜まっていく。

「人生なんてね、半分以上はうまくいかないの。いろんなことを我慢したりあきらめたりしながらやっていくのが人生なの」

「加奈……」

「もう、麻衣子にはついていけない」

エレベーターが一階に着き加奈が出ていく。

次の日、派遣会社から涼の後任が着任した。今度は麻衣子より五つ年上の男の人だった。子供が二人いて、前の職場をリストラされたらしい。みなに頭を下げ、机の下にもぐって背中を出しながらケーブルの接続をしている。

席につき、パソコンを立ち上げて焦った。ショーの会場に提出しなければいけない報告書を送ってなかった。あわてて先方に電話すると、すでに提出されていた。どうやら加奈がフォローしてくれていたらしい。

人生なんて半分以上はうまくいかないか――。麻衣子は受話器を置くと、加奈の言葉を思い出した。

一人でもやっていけると感じるのは、自分の代わりに誰かが我慢したり、誰かに助けられたりしているからだ。

もし結婚せずに子供を産むとしたら、母はどう思うのか。誰よりも結婚を望んでいるのは、いろんなことを犠牲にして育ててくれた母だ。結局、母の喜ぶ顔は見れない。涼にも妊娠したことをきちんと伝えて話し合わなければならない。涼はそれを聞いたときどういう反応をするのか。

いったいわたしはどうしたらいいのか。

その日の夜、麻衣子は原稿にそう綴った。結婚をやめるなら、それを読者に伝える必要があると思ったからだ。

翌日、宇佐美に原稿を提出し、会議室へ呼び出した。

「すみません。せっかく転勤の段取りを組んでもらったのにこんなことになって」

「謝ることじゃないだろう」

宇佐美はそれだけ言って、窓に向かって腕を組んで黙っていた。

「やっぱり子供ができたら、自分の生活とかやりたいこととかをあきらめるべきなんでしょうか
……」麻衣子はつぶやくように聞いた。

「言っただろう。壁は乗り越えられるやつの前にしか現れないと。お前がもし本気で夢を追うなら、親としての責任を果たして、海外転勤にもう一度挑戦すればいい。ルールや常識で人生を決めるな」

そう言われて自分がどうすべきか考えたが、答えは見つからなかった。何も言葉が出ず、空調の音だけが耳に響く。

「麻衣子さん」

そのとき、ノックと同時に声がかかった。

「病院から電話です。なんか急ぎみたいで」

なんだ――。フロアに戻って受話器をとった。

「広瀬さんですか？」

「はい。そうですが……」

「お母さまが病院に運ばれました。危険な状態なので今すぐ来てもらえませんか」

13

宇佐美がタクシーで送ってくれた。

病院に着いて、看護師さんと廊下を走った。夜だったから電気は消えていて、消火器の赤い光が視界を流れていった。

一番奥の病室に入る。

ベッドで横になった母は医者と看護師に囲まれていた。

「お母さん」

そう叫ぶと同時に、母の元で手を握った。

「麻衣子……」

母は薄く目を開き、口元が動いた。麻衣子は口元に耳を寄せた。

「お母さん……、麻衣子のこと応援してるからね……」

微かな声で、それだけ言った。だがそれ以上は返ってこない。手を強く握っても握り返してこない。「お母さん」何度叫んでも目を開けてくれない。

男性の医師が近くに来て瞼をめくり、ペンライトを当てる。そこにあった色を失った眼球を見ても、死んだのだとは理解できなかった。

「十時三十二分、ご臨終です」

膝がくずれた。「ごめんね、お母さん。ごめんね……。お母さんの言うことなんでも聞くから。お母さん、お願いだから起きて。お願い」頭が混乱して、何を言ってるかわからなくなった。

「しっかりしなさい」

隣にいたのはあの女医だった。ハンカチを差し出す。

「今日、当直だったんだけど、通りかかったら、あなたのお母さんが運ばれてきたの見かけたの。急性の肺炎だった。あなたのお母さんは最後までよく闘った。ずっとあなたの名前呼んでた」

もっと親孝行しようと思っていた。温泉とか買い物とか連れていってあげようと思った。少なくとももっと近くにいてあげればよかった。

最後に母は何を思ったのか。子供や孫に囲まれて逝きたかったのではないか。虚しさを感じながら死んでいったのではないか。

自分が情けなくて、床に座りこんでしまい立ち上がることができない。

「ご遺体の準備をしますので、控え室でお待ちください」看護士に声をかけられる。

顔を上げると、いつもと変わらない母の横顔がある。

お母さん、わたし無理。こんなこと受け入れられない。だから起きて。お願い。

また涙が出て、「早く起きて」と声にならない声が出る。

次の瞬間、脇に誰かの腕が入り体が持ち上がった。

「立て」

宇佐美だった。

「いいから立て」

麻衣子が首を振ると宇佐美に持ち上げられる。

「お前が母親になるんだろう」

＊

母が死んでも、明日は来て、明後日もきた。

メールを見れば誰かが仕事をしていて、ベランダのコスモスは花を咲かせていた。

もともと親戚や人付き合いが多くなかったらしく、週末に実家で通夜と告別式を執り行なった。

宇佐美や加奈も手伝いに来てくれた。挨拶やら手続きやらで、悲しみにくれて泣く余裕はなく、母がもういなくなったという実感もなかった。

弔問する人が一区切りついた。麻衣子はいただいたものを開けようとしたが、引き出しにはさみがなかった。

「ねぇ、お母さん。はさみどこだっけ?」

寝室にいる母に声をかけたが、返事がない。

「ねぇ、お母さん、はさみ」

あれ、声が返ってこない。寝てるのだろうか。

麻衣子は母の様子が気になって寝室をのぞいた。温度を失った和室がただそこにあった。父も母もいないその部屋はずいぶん広く感じた。役目を終えたように換気扇が止まる。

次の瞬間、張りつめていたものが切れて、涙が勝手に出てきた。

今思えば、病院で会ったとき、もっと母の症状を気にしておけばよかった。

健康診断のとき、どうして母に検査を受けさせることに頭が回らなかったのか。母に人間ドックでもプレゼントしていれば、同じようなことにはならなかったのかもしれない。

テレビ台には母の好きなゼリーの空き瓶がのっていた。それを鍵入れとして使っていたようだ。あんな安いものだったらたくさん買ってあげることができた。

保険の外交員をしていた母が贅沢しているところを見たことがなかった。母親と言われて思い出すのは、いつも同じコートを着ていた姿と、しわだらけでカサついた手だった。

それどころか、最近は喧嘩ばかりだった。こんな娘で本当は後悔しながら死んでいったのではないか。

何かしてあげたくても、もう何もしてあげることができない。どんなに願っても決して戻ってくることはない。

「お母さん、はさみ……」涙の粒が喪服に落ちた。

それから涙が止まらなかった。母はもういない。母と話すことはできない。それが事実なのに心が認めようとしない。

数日前まで母がいたであろう場所から動くことができず、ひたすら涙が流れた。

しばらくすると、喪服のスカートに一本の光の筋が通った。カーテンの隙間から差した西日だ。光の筋の先にはサイドボードに入ったチェルシーの缶があった。母が大切そうにしまっていたものだった。

なぜかそれが気になり、麻衣子は棚から取り出し、畳の上で慎重に開けた。

中に入っていたのは写真の束だった。一番上にはセピア色の華奢な女の子がいた。子供のころの母だった。ピンどめで前髪をはさみ、口を固く結んで不安と闘っているような顔。次の写真は駄菓子屋の前でお菓子を咥《くわ》えていた。

母と一緒に写っていたのは、木造とコンクリートが混在する完成されていない東京だった。新しくなるのを、大きくなるのを、待ち望んでいるような街の姿だった。

写真を取り出すと、その下には何冊ものノートが入っていた。中には丁寧な字がぎっしりと並んでいる。母の日記だった。麻衣子は写真を畳に丁寧に広げて、日記で母の人生を追った。

——東京の下町で畳屋を営む家で母は生まれた。商業高校を卒業し、大学に行こうとした。だが、「女が学をつけてどうすんだ」と父親に反対された。家計のことも考えて進学をあきらめ、電機メーカーの工場に事務員として就職した。女子大学生の割合がまだ一割にも満たない時代だ。

働き始めた十代の母は、お給料で「ａｎａｎ」や「ｎｏｎ－ｎｏ」を読んで、休日はフォークロアのファッションで銀座に出かけるのが楽しみだった。ジョン・レノンとエリック・クラプトンを聞いて、スクリーンの中にいるスティーブ・マックイーンに恋をした。

ただ、当時の会社というところは、今よりもさらに封建的だった。

能力があったとしても、上にあげてくれないどころか、女は黙ってお茶くみと事務だけやればいい、取引先には「女じゃだめだ。男を出せ」と言われるのが日常茶飯事だった。結婚したら仕事をやめる腰かけ、それが女の立場だった。

そして二十五歳になった母は結婚にあせり始めた。

当時は、女の賞味期限はクリスマスケーキと言われ、二十五歳を過ぎると婚期を逃したことになった。母は親戚にお見合いを勧められた。だが、お見合い相手とは性格が合わなかった。自分で選んだ相手と恋愛して結婚したいという思いがあり、悩んだ。

そんなとき、映画製作をしている父と出会い恋に落ちた。ほとんど決まりかけていた縁談を断り、親と大喧嘩をして、押し切るように結婚した。好きな人と結婚するのも大変な時代だったのだ。そして生まれたのがわたしだった。

その後、父が勤める映画会社が潰れて、自尊心の強い父は働かなくなった。母は再就職しようと決心したが、女が一度会社を辞めたら就職先なんてなかった。女が働くのに理解がない時代、保険の営業として働きはじめた母は、地元の工場や事務所をまわり、頭を下げた。

仕事が終わると、いつも走って帰ってきて、家族の食事を用意して、次の日のお弁当をつくった。仕事柄、付き合いも多く、遅くなった日は父と喧嘩になった。

子供のころ、毎日大変そうな母を見て、どうして父と離婚しないのか聞いたことがあった。お父さんと結婚するのを選んだのはお母さんだから。母はそう言った。

母は必死に生きていた。そして闘っていた。その時代の考え方や常識と――。

「あなたが麻衣子さん」

そのとき、うしろから声をかけられた。母と同年代の女性が玄関に立っていた。

麻衣子は咄嗟に涙を拭き、頭を下げた。

「わたしね、この近所のスーパーで広瀬さんと一緒に働いてた者なんだけど、お線香あげさせてもらっていい？」

麻衣子は座布団を用意した。

女性は手を合わせたあと、麻衣子の顔を見る。

「あなたお母さんにそっくり。目元なんて一緒」

もう一度、母の遺影に手を合わせる。

「お母さん、いつもあなたのことを自慢してた。うちの娘は東京の真ん中で働いてる。男の人とわたり合ってるって。わたしと違って、あの子はわたしが若いころできなかったこと全部やってるって」

抑えていた涙が溢れ出た。

「ほら、わたしらの時代、女は高校を卒業したら働くのが当たり前でしょう。仕事も男の人の下で働く簡単な仕事だった。結婚したら男の人の家に入って家事して、両親の世話が待ってる。それが女の幸せだって信じてた。だから、大学で勉強したいなんて親に言えなかったもの」

今は仕事が選べる。結婚も選べる。働きながら子育てもできて、子供を産まない生き方だってある。自分で生き方を選べるようになった。その分、幸せも自分で選ばなければいけなくなった。

母がその時代の考え方や、まわりが決めた生き方と闘ったように、自分たちの世代には新しい課題が与えられたのだ。

「お母さん、あなたに自分の考え押し付けちゃったかなって反省してた。あの子は頑張ってるんだから、応援してあげればよかったって言ってた」

女性を見送ったあと、再び和室に戻ると、一枚の写真に目がとまった。

この部屋でろうそくを立てたケーキを父と母で囲んだ写真だった。裏には「麻衣子八歳の誕生日」と書いてある。

麻衣子は写真を握って目をつむった。

忘れていた子供のころの記憶がよみがえってくる――。

毎日のように雪が降る冬だった。誕生日もだいぶ冷えこんでいた。八歳の麻衣子はアパートの窓から顔を出し、冷たい風にあたりながら道路の先を見つめていた。母が仕事から帰ってくるのを待っていた。頬と耳の先の感覚がなくなってきたころ、道の先に母が見えた。白い息を吐きながら走ってくる。

しだいに大きくなる母の姿に向かって、麻衣子は窓から大きく手を振った。それに気づいた母が手を振り返した。ケーキの入った袋を小さく持ち上げながらにっこり笑って、再び走りだした。

今、瞼に母がはっきり見えた。わたしと同じ歳の母だ。息づかいがたしかに聞こえてきた。つられるようにして別の記憶がよみがえる。

毎朝、母は自転車のうしろに乗せて幼稚園まで連れていってくれた。懸命に漕ぐ母の背中にしがみついた。

夜中に熱を出したときは、麻衣子を抱えて病院のシャッターを叩いた。旅行にはあまり行けなかったけど、近所の公園でお弁当を食べるのが楽しかった。

高校受験に失敗しときは、何も言わず、そばにいてくれた。大学に合格したときは、ほっとした顔で「麻衣子はがんばる子で助かった」と漏らしていた。

記憶をたどると、もう戻ってはこないという悲しみと同時に、不思議と温かい気持ちになってきた。

裕福ではなかったけど、幸せだった。

麻衣子はお腹に手をあてた。

母に与えられた愛情を、できるかぎり自分の子に注ぎたい。何があっても愛し続ける。そして母のように精一杯生きる。それくらいしか自分にできる親孝行はない。

「広瀬」

そのとき、また声がかかった。声で宇佐美だとわかった。葬儀を手伝いに来てくれて、まだいてくれたようだ。

「俺たち帰るからな」

振り向く前にあわてて涙をふく。ただ、それでも溢れてしまうので、「今日はありがとうございました」と背中を向けたまま言った。

宇佐美はかける言葉がないのか、うしろに立ったまま黙っている。線香の焼けたにおいが漂ってきた。窓の外からは子供たちの笑い声がする。

「……なあ」

しばらくして、宇佐美がぼそりと声を出した。

「無理すんなよ。少し休んでいいんだからな」

母の最期の言葉は「応援してるからね」だった。

麻衣子はもう一度、母の写真を見た。同い年くらいの母がこっちを見て「がんばれ、麻衣子」そう言ってくれている気がした。

一つ洟をすすってから、麻衣子は振り返った。

「わたしがいなきゃ仕事まわらないでしょう」泣き声を懸命に抑えて言った。

14

いよいよショーの日になった。

ティザーサイトのカウントダウンがゼロになるのと同時に、丸の内のイベントスペースでファッションショーが始まり、世界中に配信される。

会場のライトが消え、最初のブランドのロゴが大画面に表示された。ベース音に合わせて青いビームが乱れ踊る。

モデルたちがランウェイを歩いた。ママのモデルもいるし、独身の象徴となった女優もいる。ランウェイのすぐ隣にはＶＩＰの文化人が座った。

服は奇抜なものではなく、遊びに行けて会社にも着ていけるリアルなものだ。スマホがあれば、その場で買えるようになっている。もちろん会場にいなくても、ネットの向こうで映像を見ている人もリンクをたどって注文できる。

女にとっては生きづらい世の中かもしれないけど、それでもポジティブに生きていってほしい。そういう思いをこめて準備してきたショーだった。

会場は満員だった。情報番組のテレビカメラが何台も入っている。やはり、ただのファッションショーにしたのではなく、第一線で活躍する女優や文化人のトークショーを挟んだのが、マスコミに受けたようだ。ネットの向うにはもっとたくさんの人が見ている。

山蓉商事のドレスの番になり、スレンダーで顔の小さいモデルたちがベールをなびかせランウェイを歩いた。

麻衣子はその様子を控え室のモニターで見ていた。山蓉商事と契約できて、こうしてショーにまでこぎつけて、感慨深いものがあった。

すぐうしろでは会議用の事務テーブルに鏡を並べ、モデルたちが慌ただしくメイクを受けていた。キャスター付きのハンガーラックが近くを通りすぎる。

宇佐美は血が騒ぐのか、スーツ姿で首からメジャーをかけ、「もっと、ウエスト絞って」「次のブランドまだか」とスタイリストたちに指示を出し、誰よりも張り切っていた。

そこに加奈がやってきた。

「加奈、あのときはごめん」麻衣子から言った。「前にさ、加奈の気持ちを考えずに自分の意見押し付けちゃったことがあったじゃない」

加奈が笑いながら首を振る。

「ううん。あのときはこっちこそ言い過ぎてごめん。わたし子供のことで旦那の実家と揉めてて、つい、偉そうなこと言っちゃった」

麻衣子はあらためて加奈を見て言った。

「加奈、今までありがとう」

加奈も真剣な顔を向ける。

「これがわたしたちの最後の仕事だね。絶対成功させよう」

麻衣子は今月末で会社を辞めることにした。

妊娠して行けなくなったことを詫びるため、ｖｏｙａｇｅの編集長に事情を説明したところ、だったら、こっちで働かないかと誘われたのだ。

ただ、日本からの転勤ではないので、使えなかったら辞めさせられるし、雑用に近い仕事からのスタートだった。それでもビザも発行してくれるし、週二は在宅勤務で職場に子供を連れていくこともできる。これ以上ありがたいことはない。

涼には子供ができたことを伝えた。涼は責任をとって一緒に来ると言っていたが、本心はバスケを続けたいようだった。何度も話し合って、結婚はせずに別々に暮らすことになった。涼は父親としてできるかぎりサポートしたいと約束した。

うじうじしている時間はない。母の葬儀のあと、とにかく前に進んでいこう、母の分まで生きていくと決心したのだ。

ショーの序盤が終わり、麻衣子はタブレットでどれくらい販売につながっているかチェックした。

サイトへの訪問者は増えている。だが、購入率が悪い。いや、悪いというより、ほとんど売れていない。山蓉商事のドレスにいたっては申しこみがゼロだった。いったいどういうことだ――。

「麻衣子さん、大変です」

そのときインカムから声が聞こえた。智美だった。

「麻衣子さんが昨日アップした記事のせいで、不買運動が起きてます」

「え、何よ、不買運動って」

「そんなおかしな女がいる会社の服なんて買えないってネットが荒れてるんです。『未婚（35）ｗｗｗ』というハッシュタグがついて大炎上してるんですよ」

結婚せずに子供を産んで自分の夢を追いかける。麻衣子は人生の最大の選択を最終回の記事としてアップしていた。

画面を切りかえると、その記事に批判のコメントが殺到していた。「子育てを舐めている」「母親になる権利がない」「自分探しに必死なイタい女」と心の痛むものまで書きこまれていた。しかも、それが拡散され、アクセス数が急増した代わりに本名を特定され、おもしろおかしくとりあげるメディアもあった。血の気がひく。

「麻衣子」うしろから声がかかった。加奈だった。「山蓉商事からもクレーム。どうなってんだって、めちゃくちゃ怒ってる」

まずい、山蓉商事のドレスに悪いイメージがついてしまう。そもそも今日のイベントがうまくいかなかったら一大事だ。

電話を代わると、「あなたのせいで、うちのサイトにも炎上が飛び火してるんですよ。こういうの気をつけてくださいって言いましたよね。なんとかしてくださいよ」とまくし立てられた。

なんとかしなければ。でもいったいどうしたらいいいんだ。記事はもうネット上で拡散してしまっているし、いまさら削除したところで、ショーはこのまま終わってしまう。

麻衣子が立ち尽くしていると、宇佐美がやってきた。

「お前が観てるやつに説明してこい」

「えっ？」

「ランウェイ行って、自分の決断を話してくるんだよ。お前が考えた末に出した結論だろう。一方的に批判されるべきではない」

突然の提案に戸惑うと、加奈が続いた。

「わたしもそれがいいと思う。だって麻衣子は注目されてるってことでしょう。麻衣子がその人たちの気持ちを掴めば売れるじゃない」

「ちょっと待ってください」控え室に智美が入ってきた。「どのブランドにも分単位で時間を割り振ってるから、予定と違うことやったら問題になっちゃいますよ」

「でも、このまま売れなかったら、他のクライアントだって困るでしょう。もう、ショーだって半分終わってる。このままだと相当やばいことになる」

「だけど、麻衣子さんが顔を晒したら、ネットでああだこうだずっと言われますよ。ずっと残るんですよ。それでも本当にいいんですか」

「わたし行く」気づいたらそう口にしていた。「考えがあるからドレス貸して」

自分の姿を見せるのは恥ずかしくてしかたがなかったが、自分のやってきた仕事にやり残したことをつくりたくなかった。

それに、今の自分の気持ちを自分の言葉でしっかり伝えたかった。この数か月の出来事で、なんでも来いという心境でもあった。

「あとのことは俺に任せろ。こっちはなんとかしてやる」宇佐美が髪をオールバックに撫で付ける。

「本当に大丈夫なんですか」と智美。

「俺の調整能力を舐めるな」

「じゃあ、わたしプロデューサーに予定を変えるように言ってくる」加奈が駆けていく。

「え、じゃあ……、わたしは麻衣子さんが話している間のモニターを操作します」と智美。

「みんなお願い」

麻衣子は急遽、スタイリストにお願いして、山蓉商事のウェディングドレスを用意してもらった。

着替えながら智美と段取りを決めた。

スタイリストが麻衣子に選んだのはマーメイドラインのドレスだった。ベアトップの上にはレースのロングスリーブを着て、露出を抑えたクラシカルなスタイルだ。髪はドレスに合わせてレトロにまとめて、落ち着いた色の花をつけた。鏡に映すと、いいドレスだと思った。

麻衣子はスタイリストに用意してもらったハイヒールに履き替えた。少し足の甲が当たって痛かった。転ばずにランウェイを歩けるだろうか。不安が過る。

「おい、待て」

緊張しながら舞台袖で出番を待っていると、うしろから声がかかった。

「これを履け」

宇佐美が紙袋を突き出す。

「なんですか?」

中に入っていたのはマノロブラニクのフラットシューズだった。

「約束だろう。退職祝いにやろうと思ってた」

「いいんですか……」

「ああ。ダイアナ妃はな、イギリス皇室を離れて、一人の女として生きていくことを決意したときもマノロブラニクを履いたんだ。今のお前にちょうどいいだろう」宇佐美が目を合わせずに言う。

「ありがとうございます」

麻衣子は椅子に座ってハイヒールから履き替えようとした。だが、ドレスはモデルが着るものだったせいか、おしりのあたりがキツく、座ったら破いてしまいそうだった。

「ったく、しょうがねぇな」

それを見た宇佐美が「ほら」と手を差し出す。麻衣子は宇佐美の手を上から握る。

宇佐美に支えてもらって、ハイヒールからフラットシューズに履き替えることができた。

ヒールがなくなり視界が一つ低くなる。これなら転ばずに歩けそうだ。わたしの体はもう一人のものではない。

「続いては予定を変更しまして、『サバイバル・ウェディング　結婚しないとダメですか?』を執筆されています広瀬麻衣子さんのスピーチです」と司会者に紹介された。

それと同時に舞台袖がざわつき始めた。智美の言うとおり、分刻みでスケジュールが組んである。

怒りだしている外国人のモデルも目に入った。

つい心配の目を向けると、宇佐美は早く行けと、あごでランウェイを指した。

麻衣子はうなずき、袖から出た。

いざランウェイを歩くと、ぎっしり埋まった人たちと熱狂の余韻が残る空気に圧倒されそうになった。しかも、これからランウェイの先端で話す。

不安になり横目で袖の先を見ると、宇佐美が詰め寄る人たちに頭を下げていた。

この場をなんとかするのは自分しかいない。

そう言い聞かせて、膝が震えるのをおさえながらランウェイを歩いた。

先端に立つと、スポットライトが当たる。「あの人誰？」という視線を感じながら、麻衣子は頭を下げた。

「お母さん、わたしがんばるからね」

心の中でそう唱えてから顔を上げた。

「まさか自分がウェディングドレスを着て、一人で歩くことになるとは思っていませんでした」

会場に笑いが起きる。

「半年前、わたしは仕事が充実していて、楽しい友達がいて、好きなものを買い、自由な生活も気に入っていて、これでいいと思っていました。でも本当に、このまま結婚しないで年齢を重ねていいのだろうか。そんな気持ちを心の奥に隠して過ごしていました」

麻衣子はひとつ息をついた。

「そんなとき、長年付き合っていた彼氏から『お前とは結婚が見えない』と振られ、なぜか、仕事で強制的に婚活させられることになりました。いざ始めてみると、まわりは若くてかわいい子ばかり。自分のことをいいと言ってくれる人と出会っても、断ってしまう。血迷ったわたしは、男の目を意識して、ピンクのアンサンブルを着たこともありました」

　正面の画面が切り替わった。ピンクのチークとグロスを塗り、アイドルのプライベート写真みたいな麻衣子が映る。また笑いが起きた。

「婚活がなかなかうまくいかなくて、結婚した人のＳＮＳを意味なく覗いて、幸せそうに映る家族写真を見て、わたしの人生は間違っていたのではないか。どうしてこんなに毎日をがんばっているのに、自分だけが不幸なのかと落ちこむようになりました。女の幸せは結婚、結婚してない女は不幸、結婚しないでバリバリ仕事してる女はイタい、そんな誰かがつくった価値観で自分の幸せを測っていたのです」

　麻衣子は山蓉商事のドレスのスカートをつまんで、みなに見せた。

「未婚の三十五歳がこんな姿になって、イタいと言う人がたくさんいると思います。だけど、こんなすばらしいドレスは、結婚する人しか着れないのはもったいないと思うんです。結婚しないでウェディングドレスを着てもいい。そもそも結婚してもいいし、しなくてもいい。仕事に生きたっていい。結婚しないで子供を産んでいい。自分の幸せは自分で考え、自分で選ぶ。亡くなった母が大切なことに気づかせてくれました」

　母のことを思い出し、感極まる。胸に手を当てて深呼吸した。

「もちろん、自分勝手に生きていいわけではありません。人と違う道を進むことは困難が伴います。

まわりからも、いろいろ言われます。だからこそ、自分に何ができるのか、自分が何に命を燃やすのか、しっかりと自分と向き合わなければなりません。まずは与えられた仕事を一生懸命こなす。いやなことがあったときは、仲間とシャンパンを飲んでやり過ごす。仲間に助けてもらったら、少し愛をプラスしてお返しする。SNSに載せられない地味な一日もちゃんと生きる。そういう修行をしていると、いつしか誰かが決めた幸せでなく、自分の価値観で自分の道を決めることができるようになりました。そして今は結婚していないけど、わたしは幸せ、胸を張ってそう言えます。やはり、それは自分で決めた生き方に自分で到達できたからです。今は、半年以内に結婚するというプロジェクトを与えてくれた上司、支えてくれた仲間たちに感謝しています」

「麻衣子。売り上げがあがってきた。このまま続けて」

イヤホンから加奈の声がする。

「こっちは、次に出演する予定だったロシア人の長身モデルたちから罵声を浴びてますが、部長が地面にひたいをこすりつける土下座で、なんとか持ちこたえています」と智美の声もした。

「部長ありがとうございます」口の中で言ってから麻衣子は続けた。

「会場にいるみなさん、ネットの向こうのみなさん。あなたは今、彼氏に振られたばかりかもしれません。いやなことがあってお酒を飲んでいるかもしれません。子供ができなくて悩んでいるかもしれません。嫌いな人と一緒に仕事しているかもしれません。でもそれは、自分が幸せになる大切な過程です。だから毎日、何かに迷いながらでも、死ぬ前にわたしらしく生きたと思えるように、誰かが作った価値観で生きるのはやめて、たまにはハイヒールを脱いで自分らしく生きてみてください」

頭を下げると、大きな拍手を浴びた。自然と笑顔になって手を振れた。

＊

ショーのあとは近くのレストランで打ち上げだった。

もうすぐ退社することを知ってか、会社から多くの人が駆けつけてくれて、店がいっぱいになった。

「あらあ、麻衣子。素敵なバッグじゃない」

千春も来てくれた。胸元が大きく開いた柄のワンピースに赤い靴だった。なぜか服装も態度も派手に戻っていた。うちの会社の新入社員たちがそわそわしている。

「千春こそ、今日も派手な靴を履いてるわね。新作じゃないの」

「そうよ。女の価値は靴で決まるからね」

千春は元気を取り戻したようだ。服とバッグと靴でそれがわかる。

「どうなの。最近も相変わらず恵比寿で飲んでんの？」麻衣子が聞いた。

「うん、昨日も飲み会だった。いい男はいなかったけど」

それを聞いてなんだか安心した。千春らしくていい。結局、お見合いはしなかったそうだ。

「子供できたんでしょう」千春が微笑む。

「うん」

「さっさと産んで仕事に復帰して。麻衣子と張り合ってないと肌の張りも悪いからさ」

千春は綺麗に染まった髪を手でうしろに払い、颯爽と去っていく。

次に智美がオレンジとパイナップルが刺さったグラスを持ってやってきた。

「麻衣子さんの動画、すごいことになってますよ」

肩掛けバッグからタブレットを取り出す。

「今日のスピーチがもう十万回も再生されて、それに連動して売上もアップしてます」

智美に画面を見せてもらう。批判もたくさんあったが、「感動した」「泣いた」「また明日から頑張ろうと思えた」そんな書きこみが増えていた。ドレスの申しこみが何件も入っていた。

麻衣子は胸をなでおろした。山蓉商事にも、自分を育ててくれたこの会社にも最後まで迷惑をかけずにすんだ。婚活コラムの読者にも喜んでもらえたと思うとうれしかった。

「麻衣子さんの代わり、わたしなんかに務まるんでしょうか」

智美が眉を八の字にした。麻衣子の仕事は智美が引き継ぐ。

「何言ってんのよ。大丈夫よ。智美なら」

「でも……」

「みんな、最初はできなくても、できるふりをするの。それを演じてるうちに、できるようになるのが仕事」

智美が目を伏せる。

「ほら、なんて言ったっけ、なんとかっていうアイドルのライブ毎年行ってるんでしょう」

麻衣子はグラスに刺さったパイナップルを智美に移してやった。

「はい。有給とボーナスをすべてつぎこみ、三大ドームツアーとソウルでのコンサートもすべて参加します」

「じゃあ、がんばってお金稼がないと」

突然、智美が声をあげて泣きだした。

「なんでここで泣くのよ」

「わたし、麻衣子さんに会えてよかったです。麻衣子さんにファーストキスを奪われたときは、正直なんでこの人にわたしの唇を奪われたのかと、二か月と三週間は恨みましたが、今は麻衣子さんの部下でよかったと思います。麻衣子さんみたいな頼れる人と結婚できるようにがんばります」

わたしみたいな人と結婚って――。言葉が出ない。

「わたしにできることといえば、漫画をおすすめするくらいなので、麻衣子さんに合う漫画をもって行きます。会社辞めたら少しは時間できますよね」

漫画か。しばらく読んでないな。

「じゃあ、お願いしようかな。わたし『NANA』以降読んでないからさ」

「それは非常にもったいないです。そのころから読んでないとなると……」

智美は涙ぐみながら、おすすめの漫画を教えてくれた。ハンカチを貸してやった。

「麻衣子さん」

別の子が来た。話したことのない顔見知りの後輩だった。

「どうしたの」という顔をすると、「あのう」と口を開く。

「わたし、学生時代から付き合っていた彼氏がいたんですけど、結婚して家に入ってほしいって言われたんです。親に相談したら、女が仕事をしてもいいことがないからそうしろって言われて、彼のために仕事やめようと思ってたんです……。でも麻衣子さん見てたら、仕事も恋愛ももっと欲張っていいんだなって思って、その彼とお別れしたんです。わたし、麻衣子さんみたいなかっこいい先輩に会えてよかった」

泣けること言ってくれるじゃないか。わたしの背中を見て、次の世代がちゃんと育っているのだ。

長い間、心をすり減らして働いてきた価値があった。

ちゃんと話したのは初めてなのに、ハグをしてしまう。

次は人事部長の内田がきた。

「広瀬、本当に辞めるのか」

「ええ、何度も悩んで決めました」

「子供できたんだろう。だったら産休制度を利用しろ。産休が終わってから、すぐ辞めればいい。そうすれば、幾分か生活の足しになるだろう。会社なんて利用していいんだよ」

「そんなことできませんよ。ご迷惑ですから」

「広瀬。俺にだってそれくらいさせてくれ」となぜか内田まで涙ぐむ。

これ以上やさしくするのはやめてくれ。決意が揺らいでしまう。

それなのにいろんな人がわたしのところに来た。

「あのときは広瀬さんがいてくれたおかげで助かった」

「また飲みに連れていってください」

「広瀬、いつ戻ってくるんだ」

「麻衣子さんがいなくなったらなんか会社がつまらなくなります」

涙を我慢する時間が続いた。お酒が飲めないから、ずっとジュースだったけど、みなとグラスを合わせた。仕事を頑張ると、こんないいこともあるのかと、最後になってわかった。

あっという間に時間になり、最後に入社以来お世話になった専務が、締めの挨拶することになった。

おじさんも女の子も一つの輪になり、「よー、おっ」という掛け声が響く。あれほど嫌いだった飲み会終わりの一本締めも今日は悪くない。

花束を受け取ったあと店を出て、記念写真を撮った。「がんばれよ」「元気でね」とみなが去っていき、加奈と宇佐美の三人になった。

夜のオフィス街を並んで歩く。

「麻衣子」

加奈が改まってこっちを見る。風が吹いているせいか、目が潤んでいた。

「麻衣子なら立派に育てられるよ。だから元気な赤ちゃん産んで」

それから、じっとお腹を見て言った。

「わたしも子育てしたいし……」

「加奈……」わたしみたいな自分勝手な人間に、どうしてこんないい子が友達でいるんだ。鼻の奥がつんとする。

麻衣子はお腹に手をあてた。

「わたしはね、人に恵まれたの。ちょっと変わった人が多いけどみんないいやつ。だから安心して生まれてくるんだよ」と声をかけた。

「元気に生まれてくるんだぞお」加奈もお腹をさする。

「加奈お父さんですよー」麻衣子はお腹を加奈に向けて言った。

「お父さんはあんたでしょう」

「わたしが産むんだから、わたしがお母さんでしょう」

「何言ってんの。キャラ的には麻衣子がお父さんでしょう」

そう言って二人で爆笑した。

きっとこの子は親がたくさんいる幸せな子になる。

そのとき、加奈の電話がなった。電話を切ったあと、加奈が片手拝みをする。

「ごめん、麻衣子。旦那が熱出したらしくてさ。なんかつらそうだから帰る」

「え、大丈夫？　早く帰ってあげて」

「ごめんね。あとは部長と楽しんで」

加奈が車道に出て手を上げた。

それを麻衣子は温かい気持ちで見守った。あの夫婦は、なんだかんだいってうまくやっているのだ。

突然、加奈が踵を返して戻ってくる。

「麻衣子。今まで走ってきたんだから、誰かを頼るって生き方をしたっていいんだからね」

そう耳打ちしたあと、加奈は再び車道に出てタクシーに乗った。

宇佐美と二人になる。

しばらく黙ったまま歩いた。

「部長。いままでありがとうございました」地下鉄の入口が見えたところで麻衣子から言った。

「ああ」宇佐美が短く返す。

「部長のおかげで、誰かに力になってもらったり、誰かを支える素晴しさに気づきました。特に今日は部長がいなかったらどうなったかわからなかった……。もし、向こうで部下を持ったら、部長みたいに体張って部下を守る上司になろうと思います」

「そうか。がんばれよ」

「それじゃあ、また」

麻衣子はもう一度頭を下げた。背中を向けて駅に向かって歩くと、この数か月のことが過った。

バーベキューに行ったことやニューヨークへ行ったこと。加奈の結婚式で宇佐美が連れていかれたこと、いまとなっては全てがいい思い出になった。

自分が受け入れられなかった過去や、どうしようもないとあきらめていたことが、これも人生の一部だと、今は肯定できるようになった。

もうすぐ宇佐美ともお別れだ。そういう状況になって、自分の中に温かい気持ちが湧いてることに気づいた。

麻衣子は小さな賭けをすることにした――。

振り返ったとき、まだ宇佐美がいるかどうかだ。

もし、まだそこにいたらお茶にでも誘おうと思った。

淋しいとかそういう気持ちでなく、今ここにいれることが幸せで、これから訪れる未来が楽しみだった。こんな気持ちにさせてくれた宇佐美ともう少しだけ一緒にいたかった。

そのへんのカフェに入って、この半年の出来事を語ろう。きっと宇佐美はまたうんちくを話すのだろう。だがそれもなんだか楽しみだった。

麻衣子は足を止め、ひとつ息を吐いた。

ゆっくりと振り向いて、道の先に目を向けた。

冬の風が髪をかき上げた。車のテールライトが視界の隅を流れる。

そこに宇佐美はいなかった。

＊

翌朝、カーテンの隙間から差す日の光で目覚めた。

麻衣子はベッドから起き上がりカーテンを開いた。キャミソールのままベランダに出て、大きく腕を伸ばす。

やさしく澄んだ空に太陽は輝いていた。どこまでも続く屋根の海をやさしく照らしている。今日のような一日の始まりが、あと何回も訪れると思うとなんだか幸せな気持ちになる。

こんな朝日だったら紫外線を浴びてもいいと思った。

二年後

まだ昼の二時だというのに、なぜか、近所のバーがライブを始めた。この店は毎日パーティーをしている。

それを聞いて健太郎が泣きはじめた。キーボードを叩く手を止めて、ベッドから持ち上げて揺らす。抱きながらマウスを握り仕事を続けた。

ここは出張でニューヨークへ来たときに、宇佐美に昔住んでいたと教えてもらったアパートだ。たまたま募集があってここに決めた。あのとき見たイメージが頭から離れなかったのだ。

ただ、だいぶ古いので二か月に一回はねずみが出るが、広いリビングとアイランドキッチンが気に入っている。

健太郎をふたたび寝付かせたあと、寝室に置いてある仏壇の水を替え、お父さん、お母さん今日も無事でいさせてください、と遺影に手を合わせ、鐘を鳴らす。ニューヨークの片隅でチーンという音で精神を落ち着かせる。この時間は結構気に入っていた。

だが、それを邪魔するようにバーのライブは、ボリュームをあげた。

耐えられなくなり、「静かにして」と五階の窓から英語で叫んだ。

「うるせぇ」という言葉が返ってくるので、ついFから始まる言葉が口から出かかってしまう。環境って怖い。言葉はすぐうつってしまう。

麻衣子は会社を辞めたあと、実家で暮らしながら健太郎を産んだ。

涼は東京で試合があるときに、会いに来てくれた。産まれて間もないのに健太郎にバスケットボールを触らせたがった。そしてニューヨークに移り住んだ今は、少ないであろう給料から毎月三万円を振りこんでくれている。

ｖｏｙａｇｅでは、ウェブサイトを担当し、服だけでなく食や旅行などトレンドを世界中に発信するのが新しい仕事になった。日々更新に追われる毎日だ。

そして、半年前からコーナーをひとつ任されて、アーティストやデザイナーのインタビューをして、自分の意見を交えたコラムを世界中に届けている。いま思えば、半年以内に結婚してコラムにするという、あの無謀なプロジェクトで培った経験が生きている。

ただ、取引先は平気で値段をごまかしてくるし、打ち合わせの時間も納期も守らない。ネイティブでない人間に偏見があるのを感じることも少なからずあった。

心配だった子育ては、日本とは違い、シングルマザーに理解があって、子供が病気のときは、仕事に融通をきかせてくれる。ベビーシッターも頼みやすい。同じ境遇のママもいて助け合っている。

ただ、こっちは家賃がとにかく高い。この一年の間に二回も上がった。マンハッタンではなくブルックリン、しかもその端っこだというのに東京以上に生活費がかかる。何かの映画で、ニューヨーカーは常に仕事と家と恋を探しているというセリフがあったがその意味がわかった。

しかたなくルームシェアをしようと、女性かゲイを条件にルームメイトの募集を始めた。こっちの不動産屋は希望者を連れて、遠慮なく入ってきて、好みじゃないとか、条件を見直せと交渉してくる。だが、なかなかいい人には出会えなかった。

そして、一番驚いたのが、言い寄ってくる男が多いことだ。子供がいても関係ないみたいだ。独身イコール不幸という考え方がなく、離婚をバツと言うこともない。どちらかというと、離婚はお互いの未来のために必要な別れだと、ポジティブにとらえている。

よく言えば柔軟で、悪く言えば行き当たりばったりだ。だから、とにかくやってみるのだ。

あるとき、ヨガのイベントで知り合ったイタリア系の白人が口説いてきた。子育てでそれどころじゃないと断ったが、その男は、そんなの関係ない、君の子も含めて好きだと、しつこく言い寄ってきた。

ただ、その男は「愛してる」とか「世界で一番美しいのは君だ」とか言っておきながら、他の人と道端でキスしているのを見てしまった。しかも相手は男だった。バイセクシャルだったのだ。海外ドラマみたいなことが自分の身にふりかかった。

まあでも、毎日笑っていられた。自由な価値観と、前向きに生きる人たちのエネルギーが力を与えてくれるからだ。

時計を見ると三時を回っていた。不動産屋がルームメイトの候補を連れてくる時間だ。鏡の前で髪を簡単に直し、週二で着ているカットソーに袖を通す。こっちにきてからは服にもメイクにもかけるお金が減った。数着の服を着回しをして、髪型は高校生以来の前髪パッツリのボブで、靴はコンバースを履きつぶしている。日本とは違い凸凹のある道を歩くにはちょうどよかった。

約束の時間をだいぶ過ぎてブザーが鳴った。不動産屋が到着したのだ。階段を下りて、ドアを開けて思わず目を見開いた。

小柄で気のよさそうな黒人のうしろにいたのは、チェスターコートにコーヒーカップを持った宇佐美だった――。

「何やってんだ。お前」宇佐美が言った。

「何やってんだって、ここに住んでるんですよ」麻衣子は戸惑ったまま答えた。

宇佐美が顔をしかめる。

「どうしてお前がここに住んでるんだよ」

「ここが気に入ったからですよ。部長こそ、どうしてここにいるんですか……」

「こっちに戻ってきたんだよ」

話を聞くと、宇佐美はニューヨークの別の出版社にファッション誌の編集長として引き抜かれたらしい。

宇佐美が部屋の中を覗く。

「お前、ここを引っ越すのか」

「引っ越さないですよ。ルームシェアする相手を募集しているだけですよ」

宇佐美が舌打ちして、不動産屋をにらんだ。

「あ、えーっと……」

さして反省していない表情で不動産屋は持っていた紙をめくる。

どうやら手違いで、賃貸の募集をかけてしまい、宇佐美が内見しに来たようだった。

「俺の家に勝手に住みやがって」宇佐美が吐き捨てるようにいった。

「部長の家じゃないでしょう。ここは賃貸ですよ」

「どうせ結婚してないんだろう。もっと狭い部屋に引っ越せ」

「部長、まだ結婚なんて言ってるんですか。時代遅れですよ」

「何が?」

「ニューヨークの女は自立してるから、結婚相手じゃなくて人生を一緒に楽しむパートナーを探すんですよ。やりたいことも、実現したいこともたくさんあるから、結婚に固執しないんですよ」

「俺は前からその考え方だった。お前はなんでも俺のマネをするな」

「は？　どうしてわたしが部長のマネをするんですか」

つい大きい声を出してしまう。すると健太郎が泣きだした。「まあまあ」と黒人の不動産屋にな
だめられ、しかたなく二人を中に案内した。麻衣子は「ごめんねー、怖かったでちゅねー」と健太
郎を抱いてあやす。

そのとき、またブザーが鳴った。誰か来たようだ。多分、荷物の集荷だ。

「あ、部長、すみません。少し抱っこしてもらっていいですか」

「は？　どうして俺が」

「玄関の荷物を送るんですよ」

宇佐美に健太郎を預け、階段を下りると、気持ちが昂っている自分がいることに気づいた。日本
語で思ったことを口に出し、意思を通じ合わせるのは気持ちよかったのだ。

「おい広瀬！」

玄関で伝票にサインをしていると上から声がかかった。

「こいつ漏らしてるぞ。おい広瀬――。これはブリオーニのスーツだぞ。おいっ、広瀬！」

「はいはいはい」階段を上り部屋に戻ると、健太郎が宇佐美の顔に手を伸ばしている。

「宇佐美おじちゃんがよかったんでちゅね」やわらかい頬をつついてから受け取り、手早くおむつ

を替えた。

宇佐美が勝手に空いている部屋に入っていく。

「やっぱり、俺が住んでただけあっていい眺めだな。完成したワールドトレードセンターが見える」部屋の外を眺めながら言った。

「そうですね」麻衣子は適当に答えた。

「この大きな窓も、シャビーシックなインテリアもいい。こんないい部屋はなかなかない」

答えるのが面倒なので聞こえないふりをした。

「まあ、お前がどうしてもというなら、一緒に住んでやってもいい」

「えっ?」突然の提案に戸惑った。

「俺が、お前みたいな女とルームシェアで我慢してやるって言ってんだよ」宇佐美は吐き捨てるように言う。

麻衣子が言葉を返せないでいると、「この人、女の人に騙されたんですよ」と不動産屋が英語で耳打ちした。陽気そうな黒人が同情したような顔で話しはじめた。

どうやら宇佐美は、こっちで出会った女性に、内戦で家族がバラバラになり、実家にお金を送りたいともちかけられ、お金を渡してしまったらしい。ここでは、全て自分の責任。だまされたほうが悪いのだ。

まあでも、宇佐美らしいと思った。口は悪いが困った人がいると助けたくなるのだ。

宇佐美が部屋から戻ってくる。

すると健太郎が宇佐美に懸命に手を伸ばして、何か言おうとしている。しかたなく宇佐美に抱かせてやる。健太郎が笑顔に変わる。

「たまには俺がこいつの面倒を見てやってもいい。もちろんルームメイトとしてな」

宇佐美が健太郎を抱きながら言った。

「で、どうする？」黒人の不動産屋がニヤけた顔でこっちを見た。

改めて宇佐美に抱かれた我が子を見た。宇佐美の顔をひっぱる。どうやら宇佐美を相当気に入ったようだ。

わたし一人で生きていけるんで結構です。そう言おうとしたが、喉の奥に引っこめた。

「いいですよ。一緒に住んであげても」

健太郎が手を叩いて笑っていた。

End.

参考文献

『エルメス』戸矢 理衣奈［新潮新書］
『ジェーン・バーキンの言葉』山口 路子［だいわ文庫］
『クリスチャン・ディオール』マリー＝フランス ポシュナ（著）、高橋 洋一（翻訳）［講談社］
『卵子老化の真実』河合 蘭［文春新書］
『「ヴィクトリアズ・シークレット」が全米の女性に愛されるワケ』杉本 有造、ジョセフ・ガブリエラ、菅野 広恵、北川 泉［我龍社］
『プラダ　選ばれる理由』ジャン＝ルイジ・パラッキーニ（著）、久保 耕司（翻訳）［実業之日本社］
『紫式部日記　現代語訳付き』紫式部（著）、山本 淳子（翻訳）［角川ソフィア文庫］
『ファストファッション戦争』川嶋 幸太郎［産経新聞出版］
『堕落する高級ブランド』ダナ・トーマス（著）、実川 元子（翻訳）［講談社］
『ココ・シャネルの真実』山口 昌子［講談社］
『ブランド帝国の素顔――LVMHモエヘネシー・ルイヴィトン』長沢 伸也［日本経済新聞社］
『シャネルの戦略――究極のラグジュアリーブランドに見る技術経営』長沢 伸也［東洋経済新報社］
『ディオールの世界』川島 ルミ子［集英社］
『ブランドおもしろ事典』［主婦と生活社］
『人を動かすことば　Ｉｎｓｐｉｒｉｎｇ　Ｗｏｒｄｓ』寺沢 美紀（著）、増澤 史子（著）、井上 久美（翻訳）［ＩＢＣパブリッシング］
『エルメスの道』竹宮 惠子［中央公論新社］

『VIVIENNE WESTWOOD ヴィヴィアン・ウエストウッド自伝』ヴィヴィアン・ウエストウッド（著）、イアン・ケリー（著）、桜井 真砂美（翻訳）［DU BOOKS］
『シャネル 最強ブランドの秘密』山田 登世子［朝日新聞社］
『42kg減！ 華麗なるダイエット』カール ラガーフェルト（著）、ジャン・クロード ウドレー（著）フローチャー 美和子（翻訳）［集英社 be文庫］
DVD『サイン・シャネル カール・ラガーフェルドのアトリエ』［日本コロムビア］
DVD『イヴ・サンローラン』［アミューズソフトエンタテインメント］
DVD『マーク・ジェイコブス＆ルイ・ヴィトン ～モード界の革命児～』［コロムビアミュージックエンタテインメント］
『VOGUE JAPANウェブサイト』
『ジミーチュウ公式サイト』
『ブレゲ公式サイト』
『フィガロジャポン公式サイト』
『エル・オンライン』
『東京都福祉保健局ホームページ』
『総務省統計局ホームページ』
『リクルートブライダル総研』

大橋弘祐（おおはし・こうすけ）

立教大学理学部卒。大手通信会社の広報、マーケティング職を経て、作家、編集者として活躍中。初の小説作品『サバイバル・ウェディング』（文響社）が地上波で連続テレビドラマ化される。また『難しいことはわかりませんが、お金の増やし方を教えてください！』（共著、文響社）など、「難しいことはわかりませんがシリーズ」が30万部突破のベストセラーになる。

サバイバル・ウェディング2
わたし、ひとりで生きていけますが結婚しないとダメですか!?

2018年8月7日　第1刷発行

著　者：大橋弘祐
装　丁：藤崎キョーコ
編　集：林田玲奈　門田大範
発行者：山本周嗣
発行所：株式会社文響社
〒105-0001　東京都港区虎ノ門2-2-5 共同通信会館9F
ホームページ：http://bunkyosha.com/
お問い合わせ：info@bunkyosha.com
印　刷：中央精版印刷株式会社

ISBN：978-4-86651-079-8　Printed in Japan
この本に関するご意見・ご感想をお寄せいただく場合は、郵送またはメール（info@bunkyosha.com）にてお送りください。
JASRAC 出 1807406-801